Hubert Fichte

DER AUFBRUCH NACH TURKU

und andere
Erzählungen

S. Fischer

Umschlaggestaltung: Peter W. Schmidt, Frankfurt
Satz und Druck: Poeschel & Schulz-Schomburgk, Eschwege
Einband: G. Lachenmaier, Reutlingen
Printed in Germany 1985
ISBN 3 10 020711 4

Der Aufbruch nach Turku
und
andere Erzählungen

Die Mistelschneider

Gegen Ende jedes Jahres kommen die Mistelschneider nach Montjustin. Sie halten mit einem altmodischen Auto am Eingang des Dorfes, stellen den Motor ab, ziehen die Handbremse an und springen aus dem Wagen. Der eine trägt einen Schnauzbart, der andre hat einen Hut auf. Es sind schweigsame Männer. Sie fragen nicht einmal, ob sie die Misteln schneiden dürfen. Sie nehmen die Körbe, die Säge und das Messer und gehen mit langen Schritten über die Hügel davon.

Niemand weiß, woher sie kommen. Die Nummer an ihrem Auto endet auf die Ziffern Null und Vier. Aber es findet sich kein Schild mit einem Namen oder einer Adresse, wie an den Wagen der Bauern und der Viehhändler. Wenn man einmal um den Wagen herumgegangen ist, weiß man, durch die Autonummer, daß die Mistelschneider aus dem Departement der Basses Alpes kommen, aber man weiß nicht, ob aus Cruis oder Vachères oder aus Forcalquier.

Niemand hat je ein Gespräch mit ihnen angefangen: »Hab ich Sie nicht neulich auf dem Markt in Avignon gesehen?« oder: »Sie sind doch der Neffe der Käsehändlerin aus Apt – man sieht es an der Nase!«

Die Jäger und die Schäfer und die Männer, die mit Hunden oder mit Schweinen nach Trüffeln suchen, beobachten die Mistelschneider, wie sie hier und dort hinter den Hügeln auftauchen und über das Tal hin Ausschau halten, wie sie zerbröckelnde Terrassen erklettern und verkarstete Halden durchqueren.

Es ist die Zeit, wo die Blätter der Eichen die rote Farbe verlieren und grau werden, wie der Boden, wie die Steine, wie die Rinden und wie die Rippen des Ginsters.

Das graue Tal ist voller gallegrüner Flecken.

Durch die Zweige der verwilderten Obstpflanzungen, der Büsche und Hecken wachsen Wälder von Misteln auf.

Die Mistelschneider kommen zur rechten Zeit. Die gitterigen Kugeln sind über und über mit schillernden Beeren besetzt. In wenigen Wochen schon geben die Fruchthäute nach, und die Bäume hängen voll von weißlichem Schleim, als hätte sich ein Riese hinein in das tote Geäst und das Lebensgeäst der ineinander verstrickten Pflanzen ergossen.

Die Mistelschneider stellen die Körbe unter einen Mandelbaum. Der eine der beiden Männer steigt mit der Säge hinauf. Er tastet in den brüchigen Zweigen bis hin zu der runden Geschwulst, wo die Mistel ihre Wurzeln in den Mandelbaum eingefressen hat. Oberhalb und unterhalb dieser Geschwulst sägt der Mann das Holz durch und reicht die Mistel seinem Gehilfen hinunter. Der stutzt sie mit dem Messer ein wenig zurecht, legt sie in einen der Körbe und wartet auf die nächste. Einen Tag lang kann man die Mistelschneider beim Umherziehen beobachten. Sie gehen von den Mandelbäumen zu den Ulmen, von den Ulmen zu den Pappeln und sägen und schneiden – doch nicht mit Werkzeugen aus Gold wie zu Olims Zeiten – und füllen ihre Körbe. Hinter sich lassen sie etwas Sägemehl und ein paar abgefallene Mistelästchen und in den Bäumen weiße Flecken.

Am Abend, wenn der Schäfer seine Ziegen und seine Schafe von den Mistelästchen auf dem Boden hinweg in den Stall treibt, wenn die Jäger ihre Patronen verschossen haben, wenn das kluge Schwein – oder der Hund – eine Trüffel zur Belohnung erhält, laden die Mistelschneider ihre Ernte auf den Wagen. Sie binden die Körbe wie eine gallegrüne, mit Opal besetzte Krone auf das Dach des altmodischen Autos und fahren davon.

Die Mistelschneider sollen am Tag darauf in Marseille zu sehen sein, wo sie die Misteln an Kinder verkaufen, die rufen: »A gui l'an neuf!«

Inselbegräbnis

Ich wollte die Kirche besichtigen. Das Tor war abgeschlossen. Der Pastor sei bei einem Sterbenden, ich müßte ein andermal wiederkommen.
Ich folgte den Muschelwegen des Friedhofs: Im Windschatten der Kirche standen die Grabsteine der Bauern und Deichbeamteten. Sie trugen goldene Inschriften; kleine, gleichförmige Granitkuben reihten sich an der Seeseite für die Angeschwemmten; am Glockenturm waren die Totensteine aus früheren Jahrhunderten hochgerichtet – Moos quoll die Schnörkel und Ziffern entlang. Ich kehrte über den Außendeich in die Pension zurück. Der Sturm riß die Luft an meinem Mund vorbei. Es war Ebbezeit, doch das Meer stand hoch wie zur Flut. Ein brauner Vogel, fast so groß wie ein Kormoran, schlug gegen die Böen.

Die folgenden zwei Tage über setzten sich die Möwen im Inselinnern fest. Die Bauern stallten die Kühe auf. Die Strohdächer wurden unter dem Regen schwarz.
Ich ging wieder auf die Kirchwarft. Inmitten der Marmormäler für Müller und Küster hob ein Mann, bis zu den Hüften im Erdreich, ein Grab aus. Stich um Stich langte er herauf und schichtete neben der Grube einen Hügel von glänzender Erde. Ich faßte an die Mütze. Er nickte hoch.
»Für wen?«
»Für den Alten vor zwei Tagen.«
»Wie lange ist hier niemand mehr beigesetzt?«
»Dreißig Jahre.«
»Haben Sie was gefunden? Holzreste oder Stoff oder Haare?«
»Nichts. Gar nichts.« Und er klopfte mit dem Blatt des Spatens gegen die Wandungen des Grabes.

»Noch tief?«
»Zwei Spitt noch.«
»Wann soll die Beerdigung sein?«
»Morgen um drei. Manchmal müssen wir vorher das Wasser herausschöpfen.«

Ich durchquerte die Insel. Neben einem Hof hing ein geschlachtetes Kalb an der Leiter. Auf der Hauskoppel lagen einige Fuhren Steckrüben und Runkeln. Das Fleisch des getöteten Tieres leuchtete weithin.

Am nächsten Morgen ging der wolkenlose Himmel ohne Reste in ein unbewegtes Meer über. Gegen Nachmittag bebte die Wasseroberfläche von Algen und Tang. Die Buhnen begannen aufzutunken. Vögel näherten sich am Horizont.
Die Leute zogen zu Fuß und mit Rädern auf den Kirchhof. Die Stiefel wurden im Gras von Spinnweben weiß. Auch aus der Luft sanken Spinnfäden auf die Trauerkleider.
Die Worte der Wartenden wurden von der weißen Kirchenwand weitergeworfen, daß ich sie über einige hundert Meter verstehen konnte.
Von einer der Kirche gegenüberliegenden Warft löste sich ein Mann und ging zum Friedhof.
Als die Glocke das erste Mal anschlug, kreischte ein Vogel über dem Priel auf.
Glitzernd, an Gehöften vorbei, kam der Leichenzug näher. Wenn die Glocke einhielt, hörte ich die Pferdehufe auf dem Asphalt. Der Zug bog in den Kirchenweg ein. Vor einen Anhängerwagen, der auch von einem Trecker gezogen werden konnte, hatte man zwei Rappen gespannt. Den Sarg darauf verdeckten die Kränze. Hinter dem Anhängerwagen, sehr schnell, dem Pferdetrab folgend, acht Mann, mit vorübergebeugten Oberkörpern. Dann Autos, Kleinbusse, Mopeds, Räder.

Der Zug hielt. Die Aussteigenden klappten mit den Türen. Die Radfahrer warfen die Räder an den Graben. Man lud die Kränze ab und schulterte den Sarg.
Die Töne der Orgel schwangen sich über die Köpfe der eintretenden Trauergäste aus dem Portal der Kirche. Der Kutscher, als alle andren hineingegangen waren, drehte die Pferde um und galoppierte – auf dem Anhängerwagen stehend – die Inselstraße hinab. Es war zu Ende. Er hatte jemanden an einen Ort gefahren, von wo er ihn nicht mehr zurückzuholen brauchte.

»Ich schwöre Ihnen, es ist wahr. Ich schwöre es Ihnen! Aber Sie wünschen sicherlich auch noch einen Schnaps. – Ober, zwei Schnäpse!

Kapazitäten aus der ganzen Welt eilten herbei, um zu staunen. – Ober! – Nun gut, Sie wollen uns nicht bedienen. Ich habe verstanden. Wir zahlen und kehren woanders ein. Nichts ist einfacher als das! – Vierzehn. Jawohl, vierzehn Schnäpse für zwei Männer. Haben Sie etwas daran auszusetzen? Guten Abend. Es ist das letzte Mal, daß ich Ihr Lokal betreten habe! – Wir beide suchen uns jetzt einen ruhigeren Winkel, und ich erzähle Ihnen die Geschichte von Anfang an.

Es handelt sich um einen Freund von mir. Er ist schon lange tot, ich meine, er ist schon vor langer Zeit zum zweiten Mal gestorben. – Wann? Wir lernten uns vor dem Krieg kennen – ich meine, vor dem ersten Krieg. Eine Freundschaft wie die unsre sucht man heutzutage vergebens. Die Zeiten waren damals andre. An der Ecke, in der kleinen Bierstube, brennt noch Licht. – Ich schließe mich Ihnen gern an. Nein, Sie brauchen mich nicht einzuladen. Nein, nein!

Nun ja, wenn Sie darauf bestehen.

Er hieß Antoine.

Keinen Wein. Wenn ich einen Wunsch äußern darf: einen einfachen Schnaps.

Wie oft saßen wir der eine dem andren gegenüber – wie wir uns jetzt gegenübersitzen –, Antoine und ich. Ich litt damals noch nicht an Ischias, und jeder der Zöllner kannte mich. Ich war ein grimmiger Schmuggler, das können Sie mir glauben. Eines Abends plötzlich ergreift Antoine meine Hand und sagt: ›Ernest!‹

Verzeihen Sie, daß es aus meinen Augen auf die Tischplatte tropft. Aber ein Mann in meinen Jahren, den selbst der

Schnaps nicht mehr allzulange vor dem Verfaulen bewahren wird, vor dem Verfaulen, sage ich, und ich weiß wovon ich spreche, ein Mann mit einem gichtigen Bein schon im Tannensarg, sage ich, darf weinen, wenn er seines Freundes gedenkt, der vor zwanzig Jahren zum zweiten Mal gestorben ist. Ihr Wohl! Prosit! Das tut gut.
›Ernest!‹ sagte Antoine. ›Laß uns schwören.‹
Herr Wirt, bitte noch zwei Schnäpse!
›Ernest!‹ sagte Antoine. ›Laß uns schwören.‹
›Ja, gut, gern, Antoine. Aber was denn?‹ sagte ich.
›Der Tod!‹ sagte er, und seine Augen vergrößerten sich unmäßig, während er mich ansah. ›Der Tod!‹ Als wenn er ahnte, was ihm bevorstand: zweimal. – Der Arme!
›Ernest!‹ sagte er und preßte meine Hand in der seinen derart, daß in der meinen das Schnapsglas zerbrach und mir die Splitter in die Haut drangen.
›Ernest‹, sagte er, ›eines Tages werden wir sterben. Man wird uns waschen und kämmen und uns ein Nachthemd anziehen und uns die Finger zusammenflechten! Ernest‹, sagte er, ›laß uns schwören!‹, und er preßte abermals meine Hand mit den Scherben des Schnapsglases. ›Laß uns schwören: Wenn einer von uns stirbt, dann gießt ihm der andere noch ein Glas Schnaps in den Bauch. Das ist gut gegen die Würmer!‹ So seine Worte.
›Das schwöre ich dir, Antoine!‹ sagte ich.
›Das schwöre ich dir, Ernest!‹ sagte er.
Bitte, Herr Wirt, ich begleiche meinen Schnaps wie jeder andre auch. Es wird mir wohl gestattet sein, hier eine Geschichte zur Erinnerung an meinen Freund Antoine zu erzählen. Wenn Ihnen das mißfällt, bezahlen wir und gehen.
Kommen Sie, wir suchen uns einen andren Winkel, wo ich Ihnen von dem Vorfall ungestört weiterberichtetn kann.
Vor nichts haben die Menschen heutzutage mehr Respekt. Man sollte hier draußen in der Kälte keine aufwühlenden Dinge

erzählen. Die Augen neigen ohnehin zum Wässern. Aber ich muß es aussprechen: Einen Monat nach unserem Schwur starb Antoine, siechte von einem Tag auf den andren dahin, löschte weg.

Hier ist noch geöffnet. Hier können wir noch sitzen.

›Der Schwur!‹ entfuhr es mir, und ich lief, wie ich mich gerade fand, in Hauspantoffeln und im Nachtrock, denn es war gegen elf Uhr abends.

Ja, zwei Schnäpse, wenn ich bitten darf!

Ich lief los in meinem besten Anzug. Es schneite in großen Flocken. Jedes Geschäft, jedes Lokal hatte geschlossen, und allen Schnaps zu Hause hatte ich in meiner Trauer selbst geleert. Außerdem sollte es für Antoine etwas Besonderes sein. Gesetze, alles Schall und Rauch!

Antoine tot!

Noch zwei Schnäpse! Hallo, noch zwei Schnäpse!

Gesetze! Antoine war tot! – Ich brach in der Kolonialwarenhandlung ein! Ich entwendete zwei Flaschen Schnaps und ein Kristallglas – dieses für den Verblichenen. Ich selbst führte mir sogleich eine der beiden Flaschen zu. Ich schlug an Antoines Haustür. Die Verwandten eilten herzu und verweigerten mir den Eintritt. ›Der Schwur!‹ – ›Was geht uns Ihr Schwur an?‹ – Ich schlich ums Haus. In der Küche war man beschäftigt, den Resten meines Freundes das Gesicht zu waschen – mit einem Waschlappen! Darauf kämmten sie ihn, und schließlich flochten sie ihm die Hände zusammen. Wie er es vorausgesehen hatte. Ich schrie, man sollte mich hereinlassen, ehe Antoines Körper noch ganz erstarrt wäre, es gebe Wichtigeres zu beschicken, als ihn herauszuputzen. ›Ich bin sein Freund!‹ schrie ich. Aber keiner wollte auf mich hören. Ich erkletterte einen Baum, von welchem ich den Raum überblicken konnte. Die zweite Flasche Schnaps hielt ich in der Hand, das Kristallglas hatte ich über den Flaschenhals gestülpt. Bing! Bing! Bing! klang es durch die Januarnacht, so zitterte ich. – Man ließ Antoine in seinem offenen Sarg allein. Das Fenster wurde aufgestoßen, damit die Winterluft den Duft der Verwesung herausfächelte. Ich sprang aus dem Baum und schwang mich zu meinem toten Freund Antoine hinein. Seine Lippen waren nicht violett, nicht blau – wie bei gewöhnlichen Toten –, sie waren grün! Ich trank die zweite Flasche halb leer und schenkte für Antoine den letzten Trunk ein.

Herr Wirt, noch zwei Schnäpse!

Was heißt das: Machen zu. Warten nur noch darauf, daß Sie endlich abhauen!?

Zwei Schnäpse, ich bitte!

Ich riß Antoines zusammengeflochtene Hände wieder auseinander und drückte ihm das Kristallglas zwischen die Finger. Es schien mir eines Mannes wie Antoines unwürdig, ihm – wenn auch tot – das Glas Schnaps einzutrichtern wie einem Kinde den Brei; meine Rechte glitt ihm zwischen die Zähne und winkelte seine Kiefer auseinander, und ich leerte, seine Hand führend, den Schwurschnaps in den Leichnam hinein. Darauf begann der tote Antoine ganz unmäßig zu rülpsen und schlug die Augen auf. Er schlug die Augen auf! Er richtete sich in seinen Totenlaken auf, fiel mir um den Hals und teilte sich mit mir in den restlichen Schnaps. – Wer randaliert hier? Gar niemand randaliert hier!

Tags darauf stellte sich Antoine wissenschaftlichen Forschungen zur Verfügung. Nach einigen Jahrzehnten starb er zum zweiten Mal. Es war endgültiger. Ich reiste damals in Spielsachen und konnte erst zur Stelle sein, als man ihn schon begraben hatte.

Ja, Herr Wirt, ich bezahle jetzt, ja, ja! Ich bin zu Ende.«

Ein glücklicher Liebhaber

Jedesmal, wenn La Bibi vorbeikam, wurde der Backenbrecher abgestellt. Sie kam nicht oft, zwei-, dreimal jedes Jahr, im Sommer kaum, weil sie dann an den Seen zu arbeiten hatte, eher im Herbst, gelegentlich sogar im Winter.

Wenn La Bibi kam, ruckten die Männer im Steinbruch die Rücken gerade, schnippten sich, in der plötzlich auf sie herabfallenden Stille, den Steinstaub aus den Ohren. Sie wollten sich auch noch den schweißigen Grus zwischen Hosenbund und Hüfthaut wegreiben – aber sie taten es nicht. Sie holten kein Wasser, um ihre Lider abzuspülen, und keine Vaseline, um den während der Ruhe sehr fühlbaren Schmerz in den wundgescheuerten Achseln und im Schritt zu lindern. Sie gingen alle auf La Bibi zu. Nur Antonio blieb, die Karrensterze in den Händen, auf der Schotterhalde stehen. Er sah, wie La Bibis lachsrosa Wollstrümpfe und die Stoffrose über den pulvrig schwarzen Haaren von den graugestaubten Männern zugedeckt wurden. Wo der Schweiß die Schulterblätter entlanggeronnen war, sah Antonio rote Spuren von Haut auf den Rücken der anderen.

»Mit euch?! Das würde ja knirschen«, hörte Antonio La Bibi juchzen. Dann sang sie: »Je suis devenue cocotte pour avoir trop aimé – aimé.«

Die Männer klatschten sich vor die Brust. Antonio sah La Bibis Beine über den Köpfen hochzucken. »Das Kunststück! Das Kunststück!« hörte Antonio die anderen rufen.

»Eine Flasche Bier!«

»Ach was, keine Flasche Bier! Eine Bierflasche! Was sollte die wohl mit Bier!«

Antonio setzte die Karre ab. Er stieg den Schotterhügel hinunter und ging in den Wald.

La Bibi würde jetzt ihr Kunststück mit der Bierflasche aufführen, alle würden den Mund so weit aufreißen, daß man auch in jedem der Münder eine Bierflasche verschwinden lassen könnte; La Bibi würde einen Spaziergang mit Beninca machen, denn Beninca war der Stärkste und der Ungeduldigste; sie würden nicht weit gehen, aber es würde ziemlich lange dauern; dann wäre die Reihe an Gamba, der würde weit mit La Bibi gehen, und es würde trotzdem weniger lange dauern, und so weiter und so weiter.

»Bis Mittag habe ich Zeit«, dachte Antonio.

Er setzte sich in die roten, steifen Blätter und zog seine Stiefel aus. Es waren feine Stiefel – Stiefeletten –, wie sie die Unternehmer trugen, mit langen Spitzen, die er beim Essen, Singen, Pfeiferauchen gegen die Wand der Baracke gedrückt hatte, damit sie vorn elegant hochstünden. Antonio spuckte auf die Spitzen. Er rieb mit dem Daumenballen auf dem graugefledderten Leder hin und her. Er schüttelte Schottersteinchen heraus. Er betastete seine rotgequollenen Füße, wickelte das zerwrungene Zeitungspapier noch einmal um die Zehen und knöpfte die Doppelspange der Stiefeletten darüber.

Er ging umher. Er dachte nichts. Er sah Tauben im feuchten Schatten der Buchen davonfliegen. Auf Lichtungen wärmte die Sonne etwas. Im Gehen riß er mit den nach oben gebogenen Stiefelettenspitzen Blätter vom Boden.

Er hatte keine Uhr. Er dachte, daß La Bibi jetzt ihre Runde beendet haben würde. Er kehrte um. Er sah etwas Lachsrosarotes hinter den Büschen. Es waren La Bibis Beine mit den Wollstrümpfen. Sie lagen auseinandergewinkelt. Als Antonio herangekommen war, sah er, daß La Bibi auf dem Waldboden hockte und sich lauste.

Am Backenbrecher standen die anderen und zählten ihre Abenteuer an den Fingern auf.

»La Bibi arbeitet mit den Hüften, wie wir alle zusammen nicht mit den Armen arbeiten«, sagte Beninca. »Antonio, juckt es dich eigentlich überhaupt nicht?«

»Auf jeden Fall juckt es La Bibi. Sie sitzt in den Brombeeren und sucht sich die Läuse ab.«
»In den Brombeeren?!«
»Ja.«
»Ich geh noch einmal hin«, sagte Beninca. Er sah Antonio an und dachte: ›Du Dämelack, du Dämelack. Ich werde mal wieder einen Brief für dich schreiben.‹ Dann hüpfte er durch die Zweige mit den gelben Blättern davon. Als er zurückkam, schnalzte er vor sich hin. Er tippte Rattatta Fleur d'Amour und Gamba und Gigi vor die Brust und sagte: »Heute abend trinken wir im Dorf unten eine Flasche Weißwein zusammen. Ich habe euch was zu sagen. Bringt Papier und Tinte und einen Federhalter mit und mehrere Federn.«

Antonio wusch sich nach der Arbeit. Er wusch sich auch das Haar und reinigte sich die Zehennägel mit einem schräg abgebrochenen Streichholz. In die Achselhöhlen und in den Schritt schmierte er dicke, fettige Salbe. Er biß sich in die Unterlippe, während er es tat. Er zog pludernde Unterhosen an, ein Netzhemd, hängte sich das Medaillon um, auf dem die Jungfrau Maria in Relief abgebildet war. Er knöpfte die löcherigen Stiefeletten zu, riß eine Gamaschenhose darüber, befestigte Binder, Kragen, Manschetten am Hemd, schloß seine Weste, drückte sich über der hohen, braunen, vom Grus rotdurchrasterten Stirn die einpomadisierte Locke zurecht und drapierte sich das weite Cape um.
Er ging allein ins Dorf hinunter.
Als er außer Sicht war, versammelten sich Gamba, Beninca, Gigi, Rattatta Fleur d'Amour mit Papier, Tinte, Federhalter und Federn.
»Er ist ein Dämelack, ein Dämelack, ein Dämelack!« sagte Beninca. »Ich halt es nicht mehr aus. Ich muß wieder einmal einen Brief für ihn schreiben.«
»Das wird dann wieder so wie damals, mit der durchreisenden

Trapezkünstlerin. Hinter der ist er bis nach Genf hergeradelt«, sagte Rattatta.
»Nein. Diesmal muß es näher sein. Ich will ihn warten sehen.«
»Das ist gut«, sagte Gigi.
Sie setzten sich in die hintere Ecke der Gaststätte. Sie bestellten zusammen eine Flasche Weißwein. Gamba und Gigi kniffen der Serviererin in den Popo.
»Aufgepaßt«, sagte Beninca. Er zog zwei Bogen Papier und ein Kuvert unter seiner Jacke hervor. Rattatta Fleur d'Amour stellte das Tintenfaß auf den Tisch. Er schraubte es auf. Gamba klemmte eine Feder auf den Federhalter, lutschte an der Feder. »Sie liegt ein halbes Jahr bei den Familienbriefen. Ich habe sie garantiert noch nicht mit Tinte schmutzig gemacht. Jetzt muß erst das Öl von der Spitze gelutscht werden«, sagte Gamba. »Schreib!« sagte Beninca.
»Ich habe das letzte Mal vor einem halben Jahr geschrieben. Schreib du doch selbst.«
»Meine Hand ist geschwollen vom Anlasserrad. Schreib du, Rattatta.« »Ja, Rattatta«, sagte Gigi.
Beninca diktierte: »Mein süßer Antonio, heute bin ich so wild nach dir. Kannst du nicht mal an die Ecke beim Schlachter kommen? Du weißt schon. Ich bin auch frisch gewaschen. Deine Elisabeth.«
Rattatta Fleur d'Amour schrieb nicht. Er klopfte mit dem Federhalter mehrere Male an seine Schläfe: »Erst einmal könnte ich gar nicht so schnell schreiben, wie du redest. Ich hab auch den ganzen Tag gearbeitet – oder wenigstens so ungefähr. Meine Finger sind aufgequollen wie Würste. Und jetzt kommt die Hauptsache: Glaubst du vielleicht, daß die Elisabeth, die die Tochter vom Bürgermeister ist, so einen dummen Quatsch schreiben würde? – Ich werde das mal machen.«
Er schlug zweimal mit dem rechten Ellenbogen aus und kratzte eine Spirale, daß die Feder kleine Spritzer auf das Papier warf:

»Herzinnigstlicher Geliebte.«
»Du hast das r vergessen von Geliebter«, sagte Gigi, der jeden Strich mit seinen Augen nachzog.
»Jetzt ist die Feder verstilzt! Wenn du mich auch unterbrichst!« schrie Rattatta Fleur d'Amour.
Gamba wickelte eine neue Feder aus dem Taschentuch, lutschte das Öl ab, nahm Rattatta den Federhalter aus der Hand, wechselte die Federn.
»Also ich habe gehört, daß die feinen Leute, wenn sie zusammenkommen, Spielchen zu spielen, ganz unfeine Sachen sagen, um sich einen Gefallen zu tun. Zum Beispiel: Du mein Himmelspferdeäpfelchen, mein Kuhfladen, mein Nasenpopel«, sagte Beninca.
»Erzähl nichts, wovon du nichts verstehst!« sagte Rattatta und machte einen großen Klecks.
»Das ist nicht schlimm. Das ist die Leidenschaft von der Elisabeth«, sagte Gamba.
Rattatta schrieb tief Luft holend weiter.
»Zierlicher, zierlicher!« sagte Gigi.
»Die Unterschrift!«
»Stört mich nicht!«
»Lies es uns vor!«
»Herzinnigstlicher Geliebter, mein einzigstes Kuhflädchen! Komm zu mir an den weißen Busen, heute um halb zehn beim Schlachter an der Ecke. Mein Herz, du Innigstgeliebtester, klopft mir in den Ohren, und ich bin frisch gewaschen. Dir, die Deinigste. Elisabeth.«
»Rattatta, du bist ein richtiger Wortkünstler«, sagte Beninca.
»Klebt das Kuvert zu. Antonio tanzt in der ›Post‹. Gamba, du gibst es der Serviererin, daß sie es ihm gibt.«
Gamba, Gigi, Beninca, Rattatta Fleur d'Amour legten jeder drei Geldstücke auf den Tisch und gingen in die ›Post‹.
»Eines muß man sagen, das Cape steht ihm wie keinem sonst«, sagte Gamba in der Tür.

»Er ist ein Dämelack«, sagte Beninca. »Die Mädchen lachen über ihn. Kaum, daß noch eine mit ihm tanzen mag.«
»Aber er hat eine Kopfhaltung wie ein Graf oder wie ein Architekt«, sagte Gamba.
»Das nützt ihm auch nichts mehr!« sagte Beninca.
Sie pfiffen nach der Serviererin.
»Da, da, ein Brief für Antonio!«
»Aber nicht sagen, daß wir ihn gebracht haben.«
»Du mußt sagen, eine Dame im Schleier hat ihn für Antonio abgegeben.«
»Eine Dame im Schleier«, sagte die Serviererin.
»Los, los, los!«
»Eine Dame im Schleier.« Die Serviererin sah auf ihre Hände. Sie ließ sich von Gamba den Brief in den Ausschnitt stecken. Sie lief hinter dem tanzenden Antonio her. Der Tanz war zu Ende. Der Oboist schüttelte den Speichel aus der schwarzen Holzröhre. Antonio las. Er geleitete seine Tänzerin zurück zu ihrem Glas Treberschnaps. Er schlang sich das Cape um.
»Abhauen! Er kommt«, sagte Beninca.
Gamba, Gigi, Rattatta, Beninca stiegen in das unbewohnte Gerberhaus neben der Schlachterei. Sie konnten den Hinterhof überblicken. Antonio kam nicht.
»Wenn ich bedenke«, sagte Beninca, »daß La Bibi ihr Kunststück mit einer Bierflasche macht, muß ich sie bewundern.«
»Wenn ich bedenke, daß La Bibi sich in den Brombeeren die Läuse rausklaubt, muß ich mich kratzen«, sagte Gamba.
»Ruhig, Antonio ist da!«
Sie sahen mit vorgelehnten Oberkörpern auf Antonio hinunter. Er stellte sich in eine Ecke des Hofes. Dort erreichte ihn das Licht der Straßenlaterne nicht mehr. Er warf sich den rechten Zipfel seines Capes über die linke Schulter. Die vier hörten ihn hin und her tappen, an Gerümpel stoßen. Er schlug sich den linken Zipfel seines Capes über die rechte Schulter.

Er lief durch das Gäßchen zwischen Gerberhaus und Schlachterei davon.
»Ob er schon genug hat vom Warten?« sagte Gamba.
»Der kommt wieder«, sagte Beninca.
Antonio kehrte durch das Gäßchen zurück. Er stolperte. Er lehnte sich an die Mauer des Gerberhauses. Beim Hin- und Hergehen stieß er nicht mehr an das Gerümpel. Er setzte sich auf eine Gerberkarre. Sie brach unter ihm ein. Er blieb in dem Karrenrahmen hocken, die Beine spitz angewinkelt.
Es schlug elf.
Als es zwölf schlug, sagte Gamba: »Er ist eingeschlafen.«
»Red nicht so laut. Vielleicht ist er gar nicht eingeschlafen!« sagte Beninca.
»Er rappelt sich auf«, sagte Rattatta.
Antonio las aus seinem Cape die Splitter des morschen Holzes. Er rieb sich das Schienbein und hinkte das Gäßchen entlang.
»Wir müssen auch nach Hause und ins Bett!« sagte Rattatta.
»Nach Hause nennst du das und Bett?! – Eine Baracke und Stroh!« sagte Beninca.
»Ja, wir müssen schlafen gehen«, sagte Gigi, »morgen früh um sechs sollen wir wieder Steine schlucken.«
Sie holten Antonio vor dem Steinbruch ein. Sie sagten: »Guten Abend, guten Abend, Antonio. Auch noch auf?«
Dann tastete sich jeder zu seiner Pritsche.

Als Beninca am nächsten Morgen den Tau vom Anlasserrad wischte, sagte er zu Antonio: »Wo bist du gestern nacht hergekommen?«
»Aus dem Dorf.«
»Das haben wir gesehen. Wo warst du denn im Dorf?«
Antonio sah auf seine Stiefeletten herunter. Beninca hielt ihn am Ärmel fest.
»Warum zitterst du?« sagte Beninca. »Wenn dich friert in der Morgenluft, zieh dir eine Jacke an.«

»Ich habe keine Jacke.«
»Aber ein großes Cape zum Tanzen hast du?!«
Gamba kam mit Giulio und Francesco.
»Also wo warst du?« sagte Beninca.
Antonio sagte nichts.
»Wo warst du? Wo warst du?«
»Ich will es nicht sagen.«
»War es denn so schön?« rief Gigi.
Antonio machte eine Bewegung, als wollte er das linke Ende seines Capes über die rechte Schulter schlagen.
»War es denn so schön?« sagte Rattatta Fleur d'Amour.
Antonio wandte seinen Kopf zur Seite.
»Wo warst du?« sagte Beninca.
Antonio öffnete mehrmals die Lippen. Zuletzt hörten die anderen den Namen Elisabeth. Gamba schlug sich mit der Innenfläche der Hand auf den Mund.
»Bei Elisabeth, der Tochter vom Bürgermeister?!« sagte Beninca. Antonio nickte.
»Wie war es denn?« sagte Gamba.
»Wunderschön.«
»Was sagst du? Lauter! Wir hören nichts«, sagte Beninca. »Wunderschön!« schrie Antonio. Die anderen lachten. Antonio lachte auch, mit halboffenem Mund. Er faltete die Hände hinter seinem Rücken. Er nickte noch ein paarmal, bis sie sich beruhigt hatten.
Beninca zog wieder an Antonios Hemdsärmel.
»Bietet sie denn auch ordentlich was hier oben?« sagte Beninca. Er ließ Antonios Hemd los, hob seine Hand bis zum Hals, wo schwarze Locken unter dem Kragen hervorwuchsen und strampelte mit den Fingern von rechts nach links.
Antonio nickte.
»Wie denn? Beschreib uns mal!« sagte Beninca und faßte Antonio wieder am Hemdsärmel.
»Wie ... wie ... wie die Jungfrau Maria!« sagte Antonio.

»Die Jungfrau Maria!« schrie Gamba. Unter seinen Augen wurde es naß. Rattatta schlang seine Arme um den Bauch und hüpfte von einem Bein aufs andre. Gigi ballte die Fäuste in der Luft und trommelte damit auf seine Schenkel.
Antonio sah alle an. Er sagte: »Ich werde euch erzählen, wie es war.«
Die anderen wurden still. Gigi wischte sich den Speichel von den Lippen.
Antonio riß seinen Ärmel aus Benincas Fingern und hob den Kopf hoch: »Gestern abend brachte mir eine verschleierte Dame einen duftenden Brief. In dem Brief stand, mit sehr feinen Worten ausgedrückt, ich sollte zu der Elisabeth kommen.«
Gamba lachte schon wieder. Gigi hielt ihm den Mund zu.
»Ich schlug gleich alle versprochenen Tänze aus. Man wollte mich nicht gehen lassen. Ich riß mich los. Auf der Straße erwartete mich eine Kutsche. Eine Hand mit einem vornehm duftenden Spitzenhandschuh winkte mir . . .«
Folco kam und sagte: »Was steht ihr rum? An die Arbeit! Zweiunddreißig Kubikmeter Schotter!«
»Ruhig.«
»Was heißt ruhig?! Mich faucht dann der Unternehmer an.«
»Halt dein Maul, Folco! Hör lieber zu!« sagte Beninca.
Antonio war nicht mehr vom Erzählen abzubringen: »Ich stieg in die Kutsche. Ich wurde zärtlich umarmt. Wir fuhren über Land und hielten vor einem Chalet. Elisabeth – ganz in Schleiern – stieg aus. Sie leuchtete mir voran. Auf vielen Umwegen erreichten wir einen Wintergarten. Dort stand ein Himmelbett. Sie nahm die Schleier ab und sagte: ›Antonio, die Matratzen sind ganz neu.‹«
Gamba nickte mit offenem Mund vor sich hin.
»›Die Matratzen sind ganz neu.‹ Was weiter, was weiter?« Beninca zog an Antonios Ärmel.
»Was weiter geschah, behält ein Gentleman für sich. Ich sage euch nur soviel: Es war wie im Paradies.«

»Es war wie im Paradies.« Gigi hustete vor Lachen.
»Paradies!« Rattatta Fleur d'Amour ließ sich auf die Erde sacken. Er warf die Beine in die Luft.
»An die Arbeit!« sagte Folco. »Ich zieh euch sonst was vom Lohn ab.«
Beninca drehte sich zum Anlasserrad. Er riß es herum. Das Rad schlug wieder zurück. Die Hände rutschten ab. Ein Lappen Haut hatte sich vom Mittelfinger gelöst: »Verflucht! – Wie im Paradies, das ist besser als La Bibi und ihre Bierflasche!« Während Beninca sein blaues Taschentuch um den Finger band, warf Rattatta den Motor noch einmal an. Die anderen schulterten ihr Werkzeug.
»Antonio ist und bleibt ein Dämelack«, sagte Beninca. »Heute abend schreiben wir ihm noch mal einen Brief.«
»Gut, gut, gut«, sagte Rattatta Fleur d'Amour.
Staub flog über dem Steinbruch auf.

Antonio ging von einem Pfeiler der Brücke zum anderen. Ein mit Hagel vermischter Regen klapperte auf den Asphalt. Wenn die Wolken dünn wurden, daß der Mond hindurchleuchtete, konnten die Männer, die hinter den Büschen lagen, erkennen, wie Antonio den bloßen Kopf hochreckte und das Cape herumwarf. Er hob und senkte die nackten, nassen, glänzenden Hände, und seine Lippen zitterten vor sich hin, ohne Laute hindurchzulassen. Der Wind stieß die Stundenschläge der Kirchuhr bis zu den Ohren der Männer.
»Hundertzwanzig Minuten dauert es schon«, sagte Gamba. »Ich bin durch und durch naß.«
»Ich auch«, sagte Beninca. »Ich will nur noch ein bißchen zugucken. – Morgen werden wir eine wunderschöne Geschichte von ihm zu hören bekommen.«

»Fang nicht erst an, Rattatta. Es geht gleich los«, sagte Beninca.
»Wenn du wüßtest, wie alle über meine Witze gelacht haben, am Sarg«, sagte Rattatta Fleur d'Amour.
»Gamba wirft das Ding schon an.«
»Das Ding heißt nicht Ding. Das Ding heißt Backenbrecher.«
»Hör mit dem Gerede auf und komm, sonst sind wir wieder die Letzten. Mario Bonfanti ist auch schon draußen. Man hat noch gar nicht richtig verdaut, da wird man schon wieder an den Apparat gehetzt.«
»Wenn ich Mario mit der Schaufel über der Schulter sehe, muß ich immer daran denken, wie er das Kreuz hinter dem Sarg hergetragen hat.«
Rattatta Fleur d'Amour nahm die Schaufel auf und legte sie sich über die Schulter, drehte den Stiel in der Hand, sah zurück, ob einer hinter ihm käme, dem er von Pierres Begräbnis erzählen könnte. Er ging hinter Beninca, der seine Karre schob, auf das Ding zu. Gamba hatte die Treibriemen aufgelegt. Er riß an dem Anlasserrad.
»Hast nicht genug vorgewärmt. Eigene Schuld, wenn es dir die Haut von den Fingern schält.«
»Kommt ihr auch schon?!«
Das Anlasserrad schlug aus Gambas Händen. Der Motor puffte blaue Wolken aus. Das Brechmaul knirschte auf und zu. Ein Stein schwirrte hoch in die Luft, fiel zwischen die Brechkiefer zurück, flitschte noch einmal heraus. Die Stahlzähne zermalmten ihn in Stücke.
Im Steinbruch schlugen Ferruccio Bonfanti, Francesco, Gigi die Steinbrocken zurecht. Giovanni Storti, Zammatio, Secondo Patritti karrten sie zum Backenbrecher. Gamba schaufelte sie ins Brechmaul hinunter. Beninca, Rattatta Fleur d'Amour,

Mario Bonfanti standen am Trommelsieb, um den Splitt, den groben Schotter, den feinen Schotter auf die drei, höher als mannshoch, viereckig angelegten Haufen zu karren.
»Mein Sohn hat mir eine Photographia geschickt. Auf der ist er zu erkennen. Er hat sie selber gemacht. Er erklärt es alles in seinem Brief. Er hat es in seinem Leben zu etwas gebracht. Ich kann den Winter über nicht mehr bei ihm wohnen. Ein Vater wie ich ist eine Schande für einen Mann wie ihn«, sagte Beninca.
»Du bist dumm genug. Du schickst ihm neun Monate dein Geld. Ohne dein Geld hätte er nie die Photographia zuwege gebracht. Jeder Mensch will wenigstens im Winter etwas vom Familienleben haben. Nicht immer nur Staub und Krach und Sauferei«, sagte Mario.
»Willst du damit vielleicht sagen, ich saufe, du?!«
»Als Pierre starb, standen wir mit dem Backenbrecher am Fluß. Nur runde Steine. Es hört sich ganz anders an, wenn die zu Mus geklopft werden«, sagte Rattatta.
»Hör auf. Es geht los«, sagte Beninca.
Der Schotter platterte durch die Löcher des Siebes. Sie schaufelten ihn in die Karren. Sie drückten die Karren über die Bretterstege die Schotterhügel hoch. Unter dem Stampfen der Stahlkiefer dehnte sich der Steinstaub zuckend aus. Er fiel den Männern auf die Mützen und die Haare, in die Ohrmuscheln, er klebte an den Schleimhäuten der Augen, er wurde mit dem Atem in die Nase gezogen, die Höhlungen der Lippen füllte er an, in die Achseln rieb er sich hinein und in den Schritt und in den Nabel. Rattatta Fleur d'Amour stützte sich auf den Schaufelstiel. Er wartete, bis sich genügend Schotter zusammengehäuft hatte, um ihn wegzukarren. Er sagte: »Am Fluß – wie zum Beispiel bei Pierres Tod – kann man zwischendurch immer zum Wasser runterlaufen und das Gesicht ins Wasser legen und Wasser in den Mund nehmen.« Beninca und Mario Bonfanti ruckten ihre Karren hoch. Rattattas Worte waren

nicht in ihre grauen Ohren gelangt. Sie kniffen ihre grauen Wimpern dicht zusammen. Sie konnten den Schotter, das Schaufelblatt, die Bretterstege, das Schotterhügelviereck erkennen. Sie sahen nicht, daß sich Rattattas Lippen bewegten.
Windstöße schleuderten den Staubpilz über dem Backenbrecher auseinander. Die Männer zogen die grusverkrusteten Lider hoch. Hinter dem weißen Staub standen schwarze Wolken.
Der Gewittersturm drehte die Staubschleier wieder zusammen. Grobe Tropfen verdampften auf dem Eisen der Antriebsmaschine. Die Tropfen sprenkelten die Bleche, Riemen, Bretterstege, Schaufeln, Arbeitsjacken, Hosen, Mützen, Bärte, Hände. Das weiße Glas in Folcos Gesicht, dem eine Sprengladung ein Auge weggerissen hatte, glänzte unter dem Regen auf. Wenn die blauen, grünen, weißen, gelben Blitze in die Täler hineinschlugen, kippten die Berge nach hinten über. Die Männer hörten die Donnerschläge nicht, das Stampfen der Eisenkiefer war lauter. Der Grus aus den Haaren und den Ohren rann von den Schultern der Männer – die Kerbe im Rücken entlang – in die Hose hinunter.
Als die eisenbeschlagenen Holzräder der Karren auf den glitschigen Brettern der Stege nicht mehr faßten, stellte Gamba die Antriebsmaschine ab, rollte die Treibriemen zusammen, legte sie in den Kasten, begann die Nippel abzuschmieren.
Die Männer zogen die Hemden über die Köpfe und ließen sich vom Regen die wundgearbeitete Haut rein spülen. Sie setzten sich dampfend und mit den Zähnen schlagend in die Baracke, zwischen die Wasserfäden, welche sich aus Löchern in der Decke auf den Boden zogen.
»Novemberregen ist gut für die Lungen«, sagte Rattatta Fleur d'Amour. »Das Komische ist, daß Pierre immer behauptet hat: Bei meinem Begräbnis wird viel gelacht werden.«
Plötzlich konnten die Männer jede Pore sehen, die in der Kälte hochstand; dann wurde alles schwärzer als vorher.

»Der da oben hat auch einen Schotterbetrieb.«
»Laßt doch die albernen Geschichten. Wir sollten lieber schwarze Kerzen gegen das Gewitter anzünden und beten.«
Gamba, Secondo Patritti, Zammatio sangen das Auswandrerlied. Sie blickten starr vor sich hin, und wenn die Melodie anstieg, wurden ihre Augen feucht, und die Adern am Hals schwollen an. Manchmal hörte einer zu singen auf. Er spuckte knirschenden Speichel, der ihm die Töne in der Kehle zerkratzte, auf den Boden.
»Ich sage euch, ich kam in den Stöckelschuhen meiner Frau«, sagte Rattatta Fleur.
»Jeder kennt die Geschichte auswendig.«
»Francesco kennt sie nicht. Beninca auch nicht. Giovanni Storti auch nicht.«
»Erzählen.« – »Ruhig dahinten!«
Secondo Patritti brach das Auswandrerlied ab, mitten in dem Vers von Patria und Industria.
»Wenn du es schon erzählst, dann fang wenigstens von vorne an. Seit einigen Wochen schleppte er sich dahin. Er sagte zu mir: ›Secondo, dir als meinem einzigen Freund verrate ich es: Mit mir geht es zu Ende. Hör meinen letzten Willen. Ich habe jede Woche was in der Kasse gelassen. Schick es mit meinen Hemden zu meiner Frau im Kanton Wallis.‹ Und eines Abends legte er sich nieder und verschied still.«
»Das stimmt gar nicht«, sagte Rattatta Fleur d'Amour. »Ich weiß es. Ich stand neben ihm am Sieb. ›Zum Papst muß ich telephonieren‹, sagte er. Er wollte sagen: ›Ich muß mal hinter den Busch, wo der Kaiser allein hingeht.‹ Gar nichts war ihm anzusehen. Der Schotterhaufen an seinem Platz wurde immer größer. Ich konnte es mit einer einzigen Karre nicht mehr schaffen. Ich dachte: ›Wozu gibt es Rizinusöl?‹« Rattatta lachte. Es blitzte. Man sah, daß er keine Zähne mehr im Mund hatte. (›Der Schnaps und die Fäuste seiner Frau.‹)
»Und von wegen Frau im Kanton Wallis. Mit achtzehn ist er

davongegangen, weil er Anne-Marie ein Kleines fabriziert hatte.
Wir wußten nicht einmal, ob über seinem Grab das TeDeum oder die Internationale gesungen werden sollte. Das Geld in der Kasse war für ein Faß Wein bei seinem Begräbnis bestimmt. Mir hat er es oft gesagt. Er stand neben mir am Trommelsieb.«

»Sag uns endlich, wie er gestorben ist.«

»Mit nacktem Arsch«, sagte Rattatta.

»Du solltest dich schämen, so etwas von einem toten und ehrlichen Arbeiter zu erzählen.«

»Enrico Dariva hat es mir gesagt. Er hat ihn als erster gesehen. Drei-Meter-Sprünge hat er gemacht, als er aus dem Wald kam.«

»Er war vornübergefallen. Pierre. Seine Hände hatte er in die Blätter am Boden gekrallt. Auch im Mund hatte er Blätter. Mitten in jedem Ohr lag ein ganz frischer Tropfen rotes Blut.«

»Also ich kam zur Beerdigung mit den Stöckelschuhen meiner Frau«, sagte Rattatta.

»Und wie wir versucht haben, rauszubekommen, wo seine Angehörigen stecken, und wie der Arzt gekommen ist, wie wir den Sarg zusammengenagelt haben und das Papier beim Pfarrer unterschrieben haben – davon erzählst du nichts? Und wie er gewaschen worden ist, als er schon ziemlich steif war?«

»Wenn man eine Geschichte erzählt, wie es sich gehört, dann darf man sich nicht mit Nebensächlichkeiten aufhalten.
Ich war von vornherein guter Laune. Ich bin bei Begräbnissen immer besonders witzig und geistreich. Außerdem hatte meine Frau meine Sonntagsschuhe weggeschlossen, weil sie wollte, ich sollte statt zur Beerdigung mit ihr zum Bohnenpflücken gehen. Ich nicht faul, hab einfach ihre Stöckelschuhe mit der Schleife und der Brillantrosette vorne angezogen«, sagte Rattatta.

»Das sind auch bloß Nebensächlichkeiten«, sagte Mario Bonfanti.
»Du kommst gleich noch dran; ich erzähle, wie du die Stange mit dem Kreuz über die Schulter gelegt hast, als wäre es eine Schippe zum Schotterschaufeln.«
»Halt bloß die Schnauze! Sonst kannst du was erleben«, sagte Mario Bonfanti.
»Nichts auslassen.«
»Immer der Reihe nach. Erst einmal liegt unser guter Pierre in der Kiste, die wir selbst zusammengenagelt haben, und wartet ganz sauber darauf, daß er in sein Loch getragen wird. Ich gehe auf den Stöckelschuhen meiner Frau umher und unterhalte die Herren Unternehmer. Sie klopfen mir wegen meiner witzigen Bemerkungen mit ihren Händen voller Goldringe auf die Schulter.«
Die Pfützen auf dem Boden der Baracke liefen breit auseinander; die Männer zogen die Füße an.
»Der Pfarrer – ganz in Silber und Schwarz – ging mit dem Wedel rum. Mario sollte das Kreuz tragen.«
»Hör auf«, sagte Mario Bonfanti.
»Erzählen! Erzählen!«
»Mario Bonfanti legte sich das Kreuz über wie eine Schippe.«
»Ich hau dich zusammen, daß sie hinter dir auch ein Kreuz und eine Schippe hertragen müssen«, sagte Mario Bonfanti.
»Wir stießen ihn an: ›Höher das Kreuz, Mario. Höher!‹ Da hielt er es so hoch, daß ihm das Hemd aus der Hose rutschte.«
Mario Bonfanti stand auf und trampelte mit den Füßen in den Pfützen.
»Aufhören!«
»Weitererzählen!« Zwei hielten Mario fest.
»Die Fensterläden im Dorf knarrten. Dahinter guckten alle auf Mario, wie er das Kreuz hielt. An der Holztür in der Kirche sagte es: Bums! und Mario fiel vor Schreck das Kreuz aus den Händen. Dann drückte er es sich mit beiden Armen vor

die Brust. Er ging hinter dem Pfarrer her bis zum Altar. Als der Pfarrer sich umdrehte, stand er Nase an Nase mit Mario.«

»Der Meßdiener war besoffen. Er grölte durch die Kirche und juckte sich bei den Antworten der Totenmesse auf dem Rücken.«

Mario Bonfanti hockte sich wieder zu den andren.

»Der Kleine vom Meßdiener hörte seinen Vater rumgrölen und kam in die Kirche gelaufen und schrie: ›Papa! Papa!‹ Die Mutter rannte hinterher und wollte den Jungen wieder rausziehen, aber der Kleine wollte nicht und hielt sich an Secondo Patrittis Bein fest. Er schrie: ›Nein, ich will bei meinem Papa bleiben!‹«

»Du spinnst vollkommen«, sagte Secondo Patritti.

»Er sagt die reine Wahrheit. Was wahr ist, muß auch wahr bleiben.«

»Dann verlief alles gut. Der Sarg und das Kreuz und der Pfarrer und der Meßdiener und die anderen kamen heil aus der Kirche. Wir trippelten schon über den Friedhof, da hörten wir ein Geräusch. Es kam nicht von oben. Es kam nicht von rechts. Es kam nicht von links.«

»Mach es nicht so spannend, Rattatta.«

»Wir blieben alle neben dem gelben Lehmhaufen, neben dem Loch stehen. Der Pfarrer sagte: ›Jean-Claude, steh auf und geh an deine Arbeit. Du weißt, morgen um fünf haben wir das nächste Begräbnis.‹ Da stieg der Totengräber aus dem Loch, wo Pierre hinein sollte. Er grüßte uns alle und ging weg. Er war eingeschlafen gewesen.«

»Er hatte geschnarcht. Das war das Geräusch.«

»Es ist ganz falsch. Jean-Claude lag gar nicht in dem Loch. Er lag auf dem Lehmhügel daneben.«

»Was mußt du mir immer in meine Geschichte hineinreden? Es ist ganz egal, wo Jean-Claude gelegen hat. Es hört sich aber viel packender an, wenn ich sage: ›Er kam aus dem Loch, wo Pierre hinein sollte‹«, sagte Rattatta.

»Das stimmt.«
»Wir haben gelacht, gelacht! Der Sarg wackelte ordentlich hin und her, als er mit den Seilen in das Loch transportiert wurde. Die Unternehmer mit den Goldringen bissen vor Lachen in ihre Taschentücher. Sie konnten es schließlich nicht so zeigen. Wir haben richtig geweint vor Lachen.«
»Es ist auch wirklich eine sehr lustige Geschichte.«
Die Männer sahen zur Decke. Die Wasserfäden wurden dünner. Gigi wollte noch mit der Geschichte von dem entlaufenen Krokodil anfangen, aber die andren sangen noch einmal das Auswandrerlied mit starren Pupillen: »Industria!« »Patria!«
Als es nur noch in die Pfützen tropfte, stand Gamba auf und nahm seine Mütze.
»Warum hast du es eigentlich immer so eilig?«
»Ich muß schließlich die Maschine vorwärmen.«
»Als ob du damit nicht warten kannst, bis das Gewitter vorbei ist.«
»Und was sagt dann der Herr Unternehmer, wenn er kommt? ›Gamba‹, sagt er! ›Glaubst du, daß ich dir mein Geld zahle, damit du dir was von Pierres Begräbnis erzählen lassen kannst?‹«
»Gamba hat recht. Es regnet auch gar nicht mehr. Die Tropfen, die jetzt noch fallen, schüttelt der Wind aus den Bäumen.«
Mario stand auf und beklopfte sein Bein.
»Das viele Sitzen bekommt einem nicht.«
Secondo Patritti knöpfte sich die Hose auf und blieb kurz hinter der Baracke stehen. Die Maschine puffte blaue Wolken aus. Die Eisenkiefer quietschten. Der Schotter platterte durch die Löcher des Trommelsiebes. Der Steinstaub wurde langsam in die feuchte Luft hochgestoßen.
Die Augen, die Ohren, die Nasenlöcher, die Zähne, die Achselhöhlen, der Nabel, der Schritt, die Zehen hielten den feinen Grus fest.

Die Bärte, die Hände, die Wimpern wurden wieder grau.
Das weiße Glas leuchtete noch eine Zeitlang aus dem Gesicht Folcos. Die Männer spuckten in immer kürzeren Abständen den knirschenden Speichel aus.

Elvire

Bis zum Tag der Beerdigung war über Elvires Absonderlichkeit wenig gesprochen worden; die Kinder hatten sie nie grölend durch die Straßen gehetzt; die Männer und Frauen, welche sie im Wald oder in der Bodenkammer gesehen hatten, schwiegen über diese Begegnung, solange Elvire am Leben war.

Als der Sarg und sein Geleite durchs Dorf zogen, wiederholten die Leute Silbe für Silbe den Namen und wunderten sich, daß Elvire Berraz erst gestern oder vorgestern gestorben war. Annemarie Bozonnet, die mit zwei runden, blonden Jungen vor der Tankstelle stand, sagte: »Elvire Berraz schielte.«

»Nein, sie schielte nicht«, sagte Jeanne Burtin.

»Irgend was war mit ihren Augen. Sie guckte immer schräg nach oben oder nach unten oder an dir vorbei. Ich muß es wissen, ich habe mit ihr Marmeln gespielt.«

»Marmeln gespielt?! Die hat nie Marmeln gespielt. Die ist nicht einmal in die Schule gegangen.«

»Sie wird es auf der Brust gehabt haben.«

»Im Kopf hat sie's gehabt.«

»Die hätte keine Kinder zur Welt bringen können, die sicher nicht.«

»Kennst du die Geschichte mit den Schlangen?«

»Nein. Schlangen! Ekelhaft! Sei ruhig!«

Der Totenwagen bewegte sich unter den Fenstern der Villa »Beau Séjour« vorüber. Alice und Cécile Contidaz, die zusammen hundertundsechzig Jahre alt waren, saßen hinter den Gardinen.

»Da wird die kleine Elvire Berraz begraben«, sagte die Zwillingsschwester zur Zwillingsschwester.

»Wie bitte, Alice?«

»Sie trug Schlangen mit sich herum, Cécile.«
»Wie bitte, Alice?«
»Schlangen, Schlangen, Schlangen, Cécile!«
»Ich erinnere mich. Das ist nun auch schon wieder dreißig Jahre her.«
»Nicht dreißig Jahre – zehn, Cécile.«
»Wie bitte, Alice?«
»Es ist zehn Jahre her, seit du Elvire Berraz mit den Schlangen begegnet bist.«
»Ich saß hoch zu Roß, als sie vor mir auftauchte. Lauter Schlangen!«
»Aber Cécile, vor zehn Jahren bist du doch gar nicht mehr geritten.«

In der Post reckten die Telefonistinnen die Köpfe nach dem Trauerzug. Die Leute vor den Schaltern fragten: »Wer ist denn gestorben?«
Der Briefträger François Meruz drehte sich zur Tür und lief hinaus.
»Wer denn?« riefen ihm die Leute nach.
François Meruz schloß die Tür, ohne zu antworten. Er sah auf den schwarz und silbern gestrichenen Wagen, den zwei Ackerpferde zogen. Vier oder fünf Männer und Frauen folgten. Einige Kränze lagen auf dem Sarg.
Mille regrets – Eternel – Douleurs. Es roch süß und feierlich. Dem Briefträger fiel seine erste Begegnung mit Elvire Berraz ein: Die Tür des Hauses am Ende des Dorfes war unverschlossen, der Flur und die Küche leer. Er rief nach dem alten Berraz und seiner Frau. Er suchte im Stall und im Schlafzimmer. Er fand niemanden. Von oben sickerte Geflüster herunter. Er stieg die Bodenleiter hinauf und öffnete eine verschalte Tür. Elvire saß mitten in einer niedrigen Kammer. Ein Metallbett stand an der Wand, neben einem schiefen Tisch.
Elvire trug einen verwaschenen Kittel und hielt zwei Näpfe

voller Milch vor sich hin. Sie flüsterte, und auf ihr Flüstern glitten, zischten, ringelten sich Schlangen und Schlängchen, braune und violette, graue und gelbe, grüne und schwarze aus den Taschen des Kittels, über die Dielen der Kammer, die Stäbe des Metallbetts entlang, die Beine des Tisches hinunter. Die Schlangen tranken von der Milch aus den Näpfen.
Der Briefträger erinnerte sich nicht, was dann geschehen war. Hatte er das Mädchen in den Schlangenhaufen hineingestoßen oder war er von den herangleitenden Tieren angegriffen worden? Auf jeden Fall hatte er sich von diesem Tage an geweigert, das Haus am Ende des Dorfes zu betreten. Die Familie Berraz war auch ohne viel Protestieren bereit gewesen, die ein, zwei Briefe im Monat und die wenigen Pakete im Jahr selbst von der Post abzuholen.
Als der Leichenwagen um die nächste Ecke bog, ging François Meruz zu seinem Postsack hinter dem Schalter zurück. Die Leute hatten sich wieder beruhigt. Der Briefträger wurde nicht mehr über die Tote befragt. Er dachte, daß er vielleicht nun das Haus am Ende des Dorfes nicht mehr zu meiden brauchte, denn mit Elvires Tod wären wohl auch die vielen Schlangen in Löchern und Gruben und unter Steinen verschwunden.

Auf der abschüssigen Straße gerieten die Pferde in Trab. Der Kinobesitzer und der Tischlermeister, die auf der Terrasse des Café Etoile Branntwein tranken, sahen dem Trauerzug bis zum Eingang des Friedhofs nach.
»Wer ist denn da schon wieder gestorben?« fragte der Tischlermeister den Kinobesitzer.
»Elvire Berraz.«
»Hat die immer noch gelebt?«
»Kannten Sie die?«
»Sie trug Schlangen mit sich herum. Eines Tages kam der alte Berraz zu mir und fragte: ›Sind Schlangen Nagetiere?‹ – Das

wußte ich auch nicht. – ›Es ist wegen meiner Tochter‹, sagte der alte Berraz. ›Sie gibt den Schlangen in ihrer Bodenkammer Milch zu trinken. Keiner von uns wagt sich mehr hinein. Keiner wagt mehr, ihren Kittel anzufassen. Jetzt geht sie gerade mit den Schlangen im Wald spazieren und sammelt neue. Immer neue! Meine Frau behauptet, daß Elvire die Schlangen küßt. Dies Kind macht uns keine Freude. Sie kann nicht rechnen und lesen. Sie singt nicht. Sie spricht nicht. Nur in der Nacht hören wir sie manchmal mit den Schlangen flüstern. Jedesmal wenn wir den Deckel von einem Topf hochnehmen, haben wir Angst, eine Schlange könnte darunter hervorschießen‹, sagte der alte Berraz zu mir. ›Sind Schlangen Nagetiere? Sie müssen es doch wissen Sie sind doch Tischlermeister!‹ – Ich habe ihm geantwortet: ›Schlangen sind keine Nagetiere.‹«

»Das war das Beste.«

»Es nützte gar nichts. – ›Wenn Schlangen nämlich keine Nagetiere sind, dann brauchen wir auf dem Boden nur alle Astlöcher und alle Ritzen zu verstopfen‹, sagte der alte Berraz. ›Sind Schlangen aber doch Nagetiere, dann müssen wir die Wände der Bodenkammer verschalen und den Fußboden verdoppeln. Zwischen die Wände und die Verschalung müssen wir Glaswolle und Rattengift stecken und spitze Nägel und Stacheldraht und Glasscherben und Rasierklingen, wenn Schlangen Nagetiere sind.‹ – ›Woher soll ich es denn genau wissen?‹ sagte ich. ›Ich habe noch keine lebendige Schlange zu Gesicht bekommen; nur einmal eine tote, die war vom Bus überfahren worden. Das langt mir.‹ – ›Aber wir müssen uns doch sichern. Wir müssen doch wenigstens die Wände verschalen und den Boden verdoppeln, wenn die Gefahr besteht, daß Schlangen Nagetiere sind!‹ – Der alte Berraz ließ mir keine Ruhe mehr. Drei Nachmittage habe ich gearbeitet, während Elvire im Wald spazierenging und neue Schlangen sammelte. Ich habe geschwitzt. Jetzt wird mich der alte Berraz bald holen, damit ich die Bretter wieder abreiße.«

Der Sarg wurde in die Erde hinuntergelassen. Als der Briefträger an der Friedhofsmauer vorüberging, sagte eine Frau: »Wie haben sie die Leiche nur aus der Bodenkammer herausbekommen?!«

Am nächsten Morgen trug François Meruz einen Brief, der seit Tagen unabgeholt auf der Post gelegen hatte, ans Ende des Dorfes, um ihn dem alten Berraz auszuhändigen.
Unterwegs dachte er an Elvires Augen. Er konnte sich nicht erinnern, ob sie ihn über die Milchnäpfe hinweg schielend angesehen hatte oder ob ihre Augen zu Boden geschlagen waren. Er erinnerte sich zweier weißer Finger, zwischen denen eine schwarze, schuppige Schlange hervorgeschnellt war.

Die alte Frau Berraz sagte, als der Briefträger eintrat: »Unsre Tochter Elvire ist weg, und François Meruz ist wieder da und bringt uns die Post.«
»Wie geht es sonst?«
»Die Kuh ist krank.«
»Sind die Männer im Stall?«
»Nein, die sind oben und arbeiten. Es war schwer, die Leiche herauszubekommen.«
François Meruz stieg die Bodenleiter hinauf. Der alte Berraz und der Tischlermeister begrüßten ihn in Hemdsärmeln. Aus der Kammer der Toten quoll Rauch hervor. Auf dem Boden lagen ausgebrannte Patronenhülsen, Scherben, Glaswolle, verrostete Nägel, eine zerbrochene Säge, Federn. Die Schublade des schiefen Tisches war aufgezogen, und rosafarbene und weiße Mädchenunterwäsche hing heraus. Ein zertretener Spiegel, eine Atlasschleife, ein gespaltener Schuh lagen unter dem Bett. In einer Ecke standen zwei Flinten, leere DDT-Dosen und zwei Äxte. Der alte Berraz und der Tischlermeister hielten Brecheisen in den Händen, mit denen sie die Verschalung um Elvires Kammer lösten.

Der alte Berraz sagte: »Guten Tag, Meruz. Nun ist sie tot. Sie redete nicht. Wir sahen sie nicht oft. Als wir sie nachts auch nicht mehr flüstern hörten, sind wir hinaufgegangen und haben gerufen. Sie antwortete nicht. Wir haben ein Loch durch die Tür gebohrt. Da lag sie, mit gefalteten Händen und alle die Schlangen um sie herum – ohne sich zu bewegen – so viele. Sie sahen alle Elvire an. Es war schwer, die Leiche herauszubekommen.«

Der Briefträger sah sich nochmals in der Kammer der Toten um. Jetzt entdeckte er sie: Auf der Fensterbank, zwischen der Mädchenunterwäsche, in der offenen Schublade, neben den Äxten, unter dem Schuh, im Bett, über den Scherben des Spiegels – Schlangen und Schlängchen, tote Schlangen, vergiftete und erschossene, steife Spiralen, Schwänze und Köpfe. Er wußte nicht, ob er sich freuen sollte, daß die Schlangen, welche ihn so lange von Elvires Wohnung ferngehalten hatten, nun tot waren, oder ob er weinen sollte, daß die Schlangen, die das tote Mädchen alle unbeweglich angesehen hatten, nicht mehr lebten.

Er ging und beschloß zum zweiten Mal, die Post für die Familie Berraz nicht mehr in das Haus am Ende des Dorfes zu tragen.

Der Pfauenraub

Reinhardt, Günther, Friedhelm langweilten sich. Sie hockten in Günthers Zimmer auf dem Tigerfell und schwiegen. Reinhardt klopfte mit einem Eisenteil aus dem Metallbaukasten auf den Boden. Friedhelm zupfte an einer Feder des Indianerschmucks, der an der Wand hing. Günther lehnte sich nach hinten und starrte an die Decke. Er kratzte mit einem Fingernagel über die Nase des toten Tigers.

»Indianerspielen, Kränebauen, Völkerball, Künstlerquartett – alles zusammen Kinderkram«, sagte Friedhelm.

»Briefmarkensammeln ist das Ödeste von allem«, sagte Günther. Sie schwiegen wieder. Das alte Hausmädchen brachte Johannisbeersaft und Makronen. »Manchmal könnte man auswachsen; man mag nicht einmal mehr essen«, sagte Günther.

»Hunger habe ich immer«, sagte Reinhardt.

»Ich auch«, sagte Friedhelm.

Während die beiden aßen und tranken, starrte Günther weiter an die Zimmerdecke voller Stuck.

»Jörg sammelt Vogeleier«, sagte er.

»Das ist völlig wertlos. Es gibt Leute, die sammeln Gold, Münzen, Ketten, auch Goldbarren«, sagte Reinhardt.

»Das tun sie nur, um ihr Geld in stabilen Werten festzulegen«, sagte Günther.

»Meine Tante sammelt Tassen«, sagte Friedhelm.

»Frauen!« sagte Günther.

»Vielleicht würde es uns wertvolle Kenntnisse verschaffen, wenn wir Kupferstiche sammelten, wie mein Großvater«, sagte Reinhardt.

»Wertvolle Kenntnisse!« sagte Günther.

»Sei nicht so erhaben über alles«, sagte Reinhardt. Später beim Abitur machen wir uns bestimmt einen weißen Fuß,

wenn wir in Kunstgeschichte auf unsere Kupferstichsammlung hinweisen können.
Hast du gar keinen Durst, Günther? Vom Johannisbeersaft ist gleich nichts mehr da.«
»Ich habe keinen Durst. Trinkt nur alles aus, wenn es euch schmeckt. Bis zum Abitur sind es noch fünf Jahre!«
»Wenn du keinen Durst hast, bist du ernstlich krank«, sagte Friedhelm. »In unserem Alter muß man immer Durst haben.« Er trank den Rest Saft aus der Karaffe. Günther antwortete nicht. Friedhelm und Reinhardt teilten die Makronen unter sich auf, ohne Streit. Sie waren satt. Sie aßen nur, weil sie nichts anderes zu tun wußten. Günther richtete sich auf. Er sah über das leere Tablett hinweg und sagte: »Wenn wir schon etwas sammeln müssen, dann können wir große, ausgestopfte Vögel sammeln.«
»Ausgerechnet!«
»Meine Eltern würden das nie erlauben.«
»Seitdem ich meiner Schwester in den Zeh geschossen habe, steht mein Luftgewehr unter Verschluß«, sagte Reinhardt.
»Wenn man auf Äckern und in Wäldern Leimruten legt, wird man wegen Wilderei bestraft. Wie würden alle in eine Erziehungsanstalt kommen«, sagte Friedhelm.
»Wenn ihr meint«, sagte Günther und sah wieder an die Decke.
»Manchmal habe ich mir schon überlegt, ob es wirklich unangenehm wäre, in eine Erziehungsanstalt zu kommen. Sie drohen uns immer damit, aber drinnen war noch keiner von uns«, sagte Friedhelm.
»Auf jeden Fall wäre es abwechslungsreicher, als hier herumzusitzen und Schularbeiten zu machen«, sagte Günther.
»Aber in der Erziehungsanstalt gibt es keine alten Hausmädchen, die uns Johannisbeersaft und Makronen servieren«, sagte Reinhardt.
Günther antwortete nicht.

»Man schläft auf Stroh und auf Betonfußboden, und man muß von morgens bis abends Straßen und Deiche bauen, fegen und Teppiche klopfen, und jeden Abend wird man durchgeprügelt, wenn man sein vorgeschriebenes Pensum nicht erfüllt hat«, sagte Friedhelm.

»Ich würde mir nichts anmerken lassen«, sagte Günther.

»Ich bedanke mich allerschönstens«, sagte Reinhardt.

»Du bist kein Kerl«, sagte Günther.

»Nein.«

»Du bist wie ein Mädchen.«

»Ihr seid nicht logisch. Ein Mädchen würde auch nicht jeden Abend verprügelt werden wollen.«

»Du bist eben nicht einmal ein Mädchen«, sagte Friedhelm.

»Hab ich behauptet, daß ich ein Mädchen bin?« sagte Reinhardt.

Sie schwiegen wieder.

»Ich weiß, wo wir uns große, ausgestopfte Vögel holen können«, sagte Günther.

»Red schon!«

»Aus Krögers Gewächshaus.«

»Du willst in Krögers Gewächshaus einbrechen?!« sagte Friedhelm.

»Wenn ihr zu feige dazu seid, tu ich es allein.«

»Zu feige bin ich nicht; aber findest du es sehr unterhaltsam, große, ausgestopfte Vögel zu sammeln?« sagte Reinhardt.

»Am Donnerstag halten Krögers ihren Jour fixe ab. Da wäre es leicht, unbemerkt durch den Hintereingang in den Park zu kommen«, sagte Friedhelm.

»Wir sollten uns Gummihandschuhe anziehen, damit wir keine Fingerabdrücke hinterlassen, und ein schwarzes Tuch müssen wir uns um die Nase und das Kinn binden, einen Schlagriemen sollten wir uns auch mitnehmen, für alle Fälle; einen Diamanten kann ich vielleicht vom Glasermeister besorgen, der ist mein Freund«, sagte Reinhardt.

»Wir treffen uns Donnerstag, abends um sieben, Ecke Johanniterstraße«, sagte Günther.
»Mit Rädern, um schneller den Tatort verlassen zu können, und mit Rucksäcken, für die großen, ausgestopften Vögel«, sagte Reinhardt.
»Wenn ich es mir genauer überlege, ist es eine berauschende Idee, große, ausgestopfte Vögel zu sammeln«, sagte Friedhelm. »Adler, Geier, Kormorane, Delphine!«
»Ein Delphin ist kein Vogel, sondern ein Säugetier«, sagte Günther.
»Das Grandioseste ist der Einbruch«, sagte Reinhardt. »Wir werden das Schloß der Eisenpforte zertrümmern und die Wachhunde niederstrecken. Nach ein paar Schlägen wird das ganze Glashaus in Scherben fallen.
Wir werden noch oft einbrechen müssen, um unsre Sammlung zu vervollständigen.«
»Also, bis Donnerstag abend«, sagte Günther.

Donnerstag morgen fing es an zu schneien. Blättergroße Flokken strichen über die Gesichter und lösten sich auf. Flocken klebten an den Mänteln fest, auf den Schwänzen der Pferde, auf den Scheinwerfern der Automobile und auf den Taxuskegeln in den Vorgärten der Villen.
Abends war alles mit Schnee verstopft. Die Automobile verloren ihre Spur und kreiselten um die Ecken der Alleen. Die Hufe der Pferde glitten aus in dem bräunlichen Brei, der die Fahrbahn bedeckte. Die Menschen traten geräuschlos aufeinander zu. An ihren Brauen und Bärten hafteten Schneeflocken. Reinhardt, Günther, Friedhelm schoben die Räder neben sich her. Auf den Sätteln häufte sich der Schnee. Auch die Rucksäcke waren überschneit. Die drei sahen aus, als wären sie bucklig. An der Auffahrt zum Krögerschen Besitz standen weißbepolstert Automobile und Kutschen. Krögers hielten Jour fixe. Die drei drückten ihre Räder kräftiger durch den

Schnee. Sie erreichten die Hinterpforte. Sie schnallten ihre Rucksäcke ab und suchten Brecheisen, Hammer und Eisensäge hervor. Als sie das Werkzeug ansetzten, gab die rostige Pforte nach, fiel platt in den Schnee. Die Jungen sahen einander an, sahen auf die wirren dünnen Spuren, welche die Schnörkel der Pforte in den feuchten Schnee gerissen hatten. Sie packten das Werkzeug wieder ein; Günther winkte, und sie betraten den Krögerschen Park. Dicke Wulste von Schnee lagen auf den Ästen der exotischen Bäume, deren Stämme durch Bastmatten gegen die Kälte geschützt waren. Die Jungen stolperten über korinthische Kapitelle, die im Park verstreut lagen, die der Schnee verbarg. Putten und steinerne Jäger standen knietief im Schnee, trugen weiße Kappen auf ihren Helmen und Locken.

»Die Hunde bellen noch gar nicht«, sagte Reinhardt.

»Krögers sind tierliebende Menschen. Sie lassen die Hunde bei solchem Wetter im Hause. Es ist auch möglich, daß die Hunde heute am Jour fixe mit den Dienern Kunststücke vorführen«, sagte Friedhelm.

»Wir dürfen keine Zeit verlieren«, sagte Günther.

Die Scheiben des Gewächshauses waren ebenso weiß wie der Schnee; an der Längswand war ein Fenster zerbrochen. Friedhelm sah durch das schwarze Viereck: »Da drinnen ist es kälter als hier. Das Gewächshaus ist ungeheizt. Kein einziges Gewächs, nur ausgestopfte Vögel!«

»Deshalb sind wir hier«, sagte Günther. »An die Arbeit!«

Er nahm den Hammer und den Glasschneidediamanten.

»Wollen wir durch die Fenster oder durch die Tür hinein?« fragte Reinhardt.

»Vielleicht ist die Tür nur angelehnt«, sagte Friedhelm. Er stieß die Klinke mit dem Zeigefinger an; sie gab ohne ein Geräusch nach. Die drei traten in das Gewächshaus. Eisblumen wuchsen an den Scheiben hoch bis zum Giebel hinauf. Die Geräusche des Atmens, des Schluckens, des Stoffes, der ihnen bei jeder Bewegung am Hals kratzte, waren jetzt deutlicher hörbar als draußen, wo der Schnee alle Geräusche dämpfte.

Eine grüne Helligkeit dämmerte vor ihnen auf, in der sich große, schwarze, ausgestopfte Vögel abzeichneten, hockende, mit ausgebreiteten Schwingen, stumme, Paare, kämpfende.

»Hast du keine Taschenlampe mitgenommen, Günther?« sagte Reinhardt.

»Nein. – Zögert nicht länger!«

»Ich will keine großen ausgestopften Vögel sammeln«, schrie Friedhelm.

»Sei still! – Wenn uns die Diener hören, sind wir verloren!«

»Ich will keine ausgestopften Vögel sammeln.«

»Ich auch nicht«, schrie Reinhardt.

»Wir wollen raus hier!«

Sie schlugen in die Glasscheiben.

»Ich habe mich geschnitten«, schrie Friedhelm.

Reinhardt fand die Tür und lief hinaus; Friedhelm hinterher; Günther wollte ihnen nach. An der Tür blieb er stehen. Er schloß sie von innen. Er wandte sich wieder den ausgestopften Vögeln zu. Er konnte die Farben des Gefieders erkennen und die Glasperlen, die den Bälgen an Stelle der Augen eingesetzt waren.

Er ging auf die Stirnwand des Gewächshauses zu. Er hatte ein Gefühl, als wüchsen in Windeseile die Eisblumen von den Fensterscheiben über seinen Rücken: Vor ihm spreizte ein Pfau sein Rad. Günther trat einen Schritt nach hinten. Er sah den blaugrünen Schimmer an den Schwanzfedern des zornigen Vogels. Günther sagte: »Nein!« Er sprang auf den Pfau zu und packte ihn am Hals. Der Pfauenhals war kalt und hart wie eine Eisenstange. Günther ließ ihn los, packte wieder zu und stopfte den Pfau in den Rucksack. Er lief durch die Gewächshaustür, stolperte über Putten und Kapitelle, erreichte die Hinterpforte des Parks, sprang auf sein Rad, fuhr im Zickzack durch den dicken Schnee.

Er täuschte sich in der Richtung. Er hatte den einsamen Reitweg am Rande der Stadt einschlagen wollen, statt dessen näherte er sich dem Marktplatz.

Leute, die mit rotgeäderten Nasen aus einer Weinstube torkelten, sahen ihm nach. Er hatte den Pfau mit dem Kopf nach unten in den Rucksack gestoßen. Die Federn des Schwanzes flatterten über seinem Nacken. Ein Mann rief ihm nach: »Er trägt seine Weihnachtsgans nach Hause!«

Die beiden Polizisten machten ihre Runde am Wallgraben. Günther bog in die wenig belebte Apostelgasse ein, ehe sie ihn wahrgenommen hatten. In seinen Waden fühlte er einen Krampf vom Radfahren durch den Schnee. Er dachte, daß er niemals eine übersichtliche Sammlung von großen, ausgestopften Vögeln anlegen könnte, ohne daß seine Eltern davon erführen. Er hatte keine Angst, in eine Erziehungsanstalt oder ins Gefängnis oder ins Zuchthaus deswegen zu kommen. Aber er sah ein, daß die viele Mühe, die einzelnen Stücke der Sammlung zu beschaffen, letzten Endes vergeblich sein würde. Er stellte sein Rad an einen Laternenpfahl, nahm den Rucksack ab, knüpfte den steifen Pfau heraus und trug ihn unterm Arm in eine der Zufahrtsstraßen des Marktes. Dort stellte er ihn mitten auf die verschneite Fahrbahn. Dann trödelte er den Markt auf und nieder, um den ausgestopften Pfau noch eine Weile zu beobachten.

Zwei Ehepaare kamen und blieben vor dem Vogel stehen. Sie sahen sich nach allen Seiten um. Die Männer machten ein paar laute Bemerkungen; die Frauen kreischten auf und wickelten ihre Mäntel und Röcke um die Beine. Kutschen und Automobile fuhren heran. Günther dachte, daß nun die Leute von Krögers Jour fixe heimkehrten. Ein Pferd scheute vor dem Pfau und galoppierte an den Deichseln rüttelnd die Südstraße hinunter. Ein Automobil blieb einige Meter vor dem Pfau stehen und hupte mehrere Male, ehe es weiterfuhr. Ein zweites umkreiste den Pfau; aus einem dritten sprangen junge

Männer und versuchten durch Trampeln und durch rudernde Armbewegungen den Pfau zu verscheuchen. Günther holte sich sein Rad aus der Apostelgasse und schob es neben sich her, heimwärts.

Am nächsten Mittag überquerten Reinhardt, Friedhelm, Günther, aus der Schule kommend, den Markt. Sie redeten nicht. Günther sah sich oft um. Er löste sich von den anderen und lief ein Stück zurück. Er fand den großen, ausgestopften Pfau nicht wieder, auch keine schimmernden, bunten Federn. Günther erinnerte sich genau, wo er den Pfau niedergesetzt hatte. Er durchfurchte mit den Stiefeln den bräunlichen Schnee. Er fand schließlich ein schwarzgestrichenes Brettchen, auf welches zwei Vogelklauen genagelt waren. Reinhardt und Friedhelm wendeten sich ihm zu und riefen: »Was suchst du, Günther?«

»Gar nichts!« rief Günther zurück und stieß mit seinem Fuß wieder den Schnee über das schwarze Brettchen mit den Vogelklauen.

Der Garten

»Du darfst nicht auf der Straße spielen!« sagte der Großvater zu Detlev. »Es könnte Fliegeralarm geben. Merk es dir ein für allemal! Du bist erst acht Jahre alt. Wenn du später ein großer Junge sein wirst, dann darfst du auch auf der Straße spielen.«
Detlev drehte das Dreirad an der Gartenpforte um. Er fuhr den aschegehärteten Weg durch den Vorgarten, wo rechts und links Kopfsalat und Schnittsalat wuchsen. Er hob das Dreirad zwei Stufen hoch und fuhr über die Betonplatten zum Haus, an den malerischen Felsbrocken vorbei und dem Wacholderbusch, der Birke, der Goldrute und den Rosenrabatten. Er bog beim Rhododendron in den Sandweg ein und hielt beim Nußbaum und den Schattenmorellen. Die Großmutter klopfte oben ans Fenster und sagte: »Nun hat Großvater eben den Sandweg geharkt. Bleib doch auf den harten Wegen!«
Detlev fuhr zurück, fuhr um das Haus und ließ sich mit vorwärtsgestreckten Beinen die kleine Anhöhe bei der Terrasse hinunterrollen und kam zum Rittersporn und zum Spinat und zu den Erdbeeren. Er trampelte auf das Dreirad ein und erreichte die Gartenlaube, von deren Dach manchmal Teertropfen herunterfielen. Er fuhr zum Hortensienbusch und wendete am Gitter des Hühnerstalls. Er fuhr zur Gartentoilette, zur Regentonne, zum Torfballen, zum Komposthaufen. Er fuhr um die drei Apfelbäume und fuhr zwischen Nachbars Grundstück und Großvaters Grundstück, an Himbeeren und Stachelbeeren und an Nachbars Hühnerstall vorbei, auf die Pforte zu.
Der Großvater kam hinter ihm her und sagte: »Ich habe es dir doch verboten. Du sollst nicht auf der Straße spielen. Wenn es nun plötzlich Fliegeralarm gibt?!«
Detlev fuhr zur Laube zurück und stellte das Dreirad neben den Liegestuhl. Er nahm Schild und Federschmuck, versteckte

sich hinter einem Johannisbeerbusch und spielte mit sich selbst Indianer.

Beim Abendbrot – als Detlev Süßstoff in die Tasse schnippte und die Tablette Schaum an die Oberfläche des Pfefferminztees warf – kam Herr Wiesen. Der Großvater und Herr Wiesen nannten einander mit Vornamen. Herr Wiesen sprach leise zu Mutter, Großmutter und Großvater. Detlev verstand: »Dem Erdboden gleichgemacht. – Hochbunker, Hochbunker! – Es ist sicherer!«

Mutter und Großmutter antworteten nichts. Großvater schüttelte den Kopf und sagte: »Nein, nein.«

Herr Wiesen sagte: »... mit den andern Nachbarn sprechen« und ging.

Nach dem Abendbrot durfte Detlev, weil es Sommer war, noch einmal in den Garten hinaus.

»Mach dich nicht schmutzig, wenn du nachher mit zu Schlesners willst!« rief ihm die Mutter nach.

Detlev zog den Roller aus der Laube und rollerte den Mittelweg entlang und über die Betonplatten. Er hob den Roller die Betonstufen hinunter, rollerte bis zur Pforte, wendete, ließ sich die kleine Anhöhe hinabsausen, bog bei der Laube um die Ecke.

Hinter den Stachelbeersträuchern ging Tante Irma vorüber, neben ihr ging eine junge Frau, die Detlev nie zuvor gesehen hatte, und ein Matrose in einem richtigen blauen Matrosenanzug. Er hatte eine weiße Mütze auf, an der zwei lange, dunkle Bänder hingen. Um seinen Hals lag ein viereckiger weißer Kragen mit blauen Streifen.

»Stell jetzt den Roller in die Laube!« sagte der Großvater. »Ich will abschließen. Geh ins Haus und wasch dir die Hände!«

Detlev ließ den Roller in eine Ecke der Laube fallen. Der Lenker schlug auf den Boden.

»Sei ein bißchen vorsichtig mit den Sachen! Man weiß nicht, wann man wieder einen Roller kaufen kann. Wenn der Roller kaputt ist, bist du auch nicht zufrieden. – Geh und wasch dir die Hände! Wir wollen zu Schlesners.«
Detlev gehorchte. Als er gewaschen und gekämmt war, drückte ihn die Mutter fest an sich. Die Großmutter gab ihm einen nassen Kuß auf den Mund, und dann gingen sie – der Großvater voran – zu Schlesners Gartenlaube.
Frau Schlesner, Herr Schlesner und Tante Irma saßen mit dem Matrosen und der jungen Frau im Freien. Aus der Laube roch es nach Wellensittichen. Katzen rieben den Rücken an den Beinen der Korbsessel.
Der Matrose stand auf. Frau Schlesner sagte: »Das ist unser Neffe Paul. Er ist so alt wie unser Ernst, von dem wir nun schon drei Monate keine Nachricht haben.«
Frau Schlesner weinte. Detlev mußte allen die Hand geben und seinen Diener machen. Als er vor der jungen Frau stand, sah er, daß sie einen sehr dicken Bauch hatte. Zuletzt gab er dem Matrosen die Hand. Er machte einen besonders schönen Diener und hockte sich auf eine Fußbank neben dem Matrosen. Die großen Leute rückten die Korbsessel zusammen und redeten schnell und leise. Einmal sah sich der Matrose nach Detlev um. Er nahm seine weiße Matrosenmütze mit den zwei langen, dunklen Bändern, gab sie Detlev und sprach mit den Erwachsenen weiter von Terrorangriff und Hochbunker und tausend, tausend Toten. Detlev setzte sich die Matrosenmütze auf. Sie rutschte ihm bis zur Nase. Die zwei langen Bänder fielen über sein Gesicht. Die großen Leute bemerkten es nicht. Sie lachten nicht über ihn. Detlev nahm die Mütze wieder ab und besah sie sich von allen Seiten. Die Erwachsenen sprachen sehr laut. Detlev hörte ihnen nicht zu. Er drehte die weiße Matrosenmütze um seinen Zeigefinger. »Unsere kleinen Keller bieten uns keinen Schutz mehr!« schrie der Großvater. Sein Gesicht war rot.

Detlev wickelte die dunklen Bänder der Mütze um sein Handgelenk. Dann strich er sie wieder glatt.
Die großen Leute wurden sich nicht einig.
»Wir müssen noch einmal zusammenkommen. Wir müssen auch mit den anderen Nachbarn sprechen. Es eilt!«
Sie gaben sich die Hände. Detlev wollte zuerst auf den Matrosen zugehen, aber die Mutter schob ihn zu Frau Schlesner. Detlev mußte mehrmals seinen Diener machen. Als er zu dem Matrosen kam, gab er ihm die weiße Mütze mit den zwei langen, dunklen Bändern zurück.

In der Nacht gingen der Großvater, die Großmutter, die Mutter und Detlev mit Wolldecken und Reisetaschen und Kerzen und Baldriantropfen in den kleinen Keller unter dem Haus. Der Fliegerangriff war bald wieder vorüber.

Am nächsten Tag fuhr Detlev von einer Gartenpforte zur anderen und um den Hortensienbusch herum.
Hinter den Himbeersträuchern flatterten die dunklen Bänder an der weißen Mütze vorüber. Detlev ließ das Dreirad stehen und sprang durch die stacheligen Zweige. Er lief auf den Matrosen Paul zu und streckte ihm die Hand entgegen.
»Aber Detlev, man begrüßt doch zuerst die Dame!« sagte die junge Frau mit dem dicken Bauch.
Detlev gab ihr die Hand und machte einen Diener.
»Detlev, komm!« rief der Großvater. »Du hast dein Dreirad mitten im Weg stehen lassen.«
»Hörst du, Detlev?!« sagte die junge Frau.
»Dein Großvater hat gerufen«, sagte der Matrose.
Detlev ging zurück und stellte das Dreirad an seinen Ort.
Nach dem Abendbrot saßen sie alle wieder bei Schlesners. Die Fußbank neben dem Korbsessel des Matrosen fehlte. Detlev suchte sie sich aus dem Laube hervor. Er setzte sich wieder neben den Matrosen Paul.

Einer der Erwachsenen sagte: »Jede Nacht müssen wir auf das Schlimmste gefaßt sein!« Sie sprachen wieder sehr leise. Der Matrose sagte: »Ich kenne mich an Land nicht aus. Ich kann Ihnen nichts raten.«

Er schob seinen Korbsessel ein wenig zurück. Er nahm sich wieder die Mütze vom Kopf. Aber Detlev wollte sie kein zweites Mal. Er sagte: »Komm doch in unseren Garten, mit mir spielen. Ich habe einen Roller und ein Dreirad und Indianerzeug.«

Der Matrose sagte: »Ich komme bestimmt einmal.«

»Du darfst es nicht vergessen. Bei uns gibt es viele Obstbäume und schöne gerade Wege. Wir können uns abwechselnd auf dem Dreirad schieben.«

»Wir können auch auf die Bäume klettern.«

Detlev sah zu dem Großvater hinauf. Der hatte sein Gesicht in die Hände genommen und atmete tief. Er hatte nichts gehört.

»Ja, wir können auf alle Bäume klettern. Wir können die Pflaumen ernten und uns ein großes Räubernest im Apfelbaum bauen. Ich zeige dir unsern Hühnerstall und die Kaninchen. Wenn du zu mir spielen kommst, lassen wir die Hühner raus und die Kaninchen auch.«

»Habt ihr Kirschen?« sagte der Matrose.

»Schattenmorellen. Wir pflücken welche. Wir bauen eine Höhle im Hortensienbusch. Unten streuen wir Torf rein. Neben unserer Laube steht ein großer Torfballen. Wenn unsre Höhle fertig ist, essen wir Kirschen und Pflaumen und Johannisbeeren.«

»Das machen wir bestimmt.«

»Früh mußt du kommen, und deinen Matrosenanzug mußt du auch mitbringen!«

»Aber früh am Morgen ist es kalt!«

»Das macht nichts. Ich zieh meinen roten Mantel an. Dann friert mich nicht.«

»Wann wollen wir uns treffen?«
»Am Sonntag. Ganz früh muß es sein!«
»Ja, jetzt wird es früh hell. Drei Uhr morgens!«
»Ja! Dann machen wir neben dem Komposthaufen ein großes Feuer, und wir bauen uns alle beide eine Höhle.«

Der Großvater, die Großmutter, die Mutter und Detlev gingen jede Nacht in den Keller. Als sie eines Morgens aus der Kellertür traten, war der Himmel schwarz und die Sonne rot. Überall im Garten fanden sie Dachziegel und Fensterscheiben. In den Erdbeerbeeten waren gelbe Löcher, und die Zweige der Apfelbäume und der Schattenmorellen lagen auf der Erde. Das Drahtgitter der Gartenpforte hing verbogen an den Stangen.
Sie fuhren weg. Sie kamen erst im Winter zurück. Frau Schlesner hatte rötere Augen als früher.
»Unser Neffe Paul, der Matrose – er war genauso alt wie unser Ernst, von dem wir nun ein halbes Jahr keine Nachricht haben – ist beim Einsatz untergegangen.«

Detlev lag in seinem Bett. Er dachte an die schwarzen Tücher, die in der Kirche über längliche Blöcke gedeckt wurden – oft – als er verschickt gewesen war. Er dachte an die Böllerschüsse, an die Frauen mit den schwarzen Schleiern. Er dachte an ein gelbliches Gesicht in dicken Haufen von Blumen in der Friedhofskapelle. Er dachte an »Seefahrt ist not« von Gorch Fock, wo er von dem Matrosen gelesen hatte, der schwimmt und schwimmt, allein auf dem Meer, und der dann nicht mehr schwimmen will, sondern sich untergehen läßt. Zuletzt dachte er, wie es um drei Uhr morgens im Garten ausgesehen hätte. Er war noch nie so früh durch den Garten gegangen. Er dachte, daß die Bäume ganz groß und schwarz dastünden, daß dicker, weißer, kalter Nebel zwischen den Ästen herausquölle und die Vögel auf allen Zweigen säßen und dann und wann aufflögen; die Blätter würden sich aber gar nicht bewegen, von ihnen tropfte nur der Tau, fast wie Regen, auf den Rittersporn, die Charlotten, den Spinat, die Stachelbeeren und die Margeriten und die Akeleien und die Rosen; die Blüten stünden nicht geöffnet, sie wären geschlossen und winzig klein und schwarz.

Dann schlief Detlev ein – in dem Haus mit den zerrissenen Wänden.

»Die Käsetorte ist wie ein Mond durch das Eßzimmer gerollt«, sagte die Mutter, als sie in den Keller zurückkehrte. Detlev hatte sich auf die Käsetorte gefreut. Sie war von der Großmutter am Sonnabend gebacken worden und sollte am Sonntagnachmittag zum Kaffee angeschnitten werden; aber weil sie wie ein Mond durch die Scherben und den Kalk und die Dachziegelstücke gerollt war, würde Detlev nichts mehr von der Käsetorte essen dürfen. »Ich habe es mir gedacht«, sagte die Mutter, »als es recht zu brummen anfing und nicht links, wie gewöhnlich, als es gar nicht wieder aufhörte zu brummen, als die erste Garbe fiel – habe ich es mir gedacht.«
»Nun ist es vorbei«, sagte der Großvater.
›Der Großvater weiß es‹, dachte Detlev.
Der Großvater ging nämlich zwischendurch ins Freie, um zu spähen – auch nachts. Er kam jedesmal mit einer Wolke kalter Luft zurück und sagte: »Im Südwesten schießt die Flak« – oder: »Im Nordosten brennt es« – oder: »Nun scheint es sich beruhigt zu haben« – oder: »Gleich wird es wieder anfangen.« Eines Nachts hatte Detlev ihn begleiten dürfen. Er hatte sich draußen dicht an die Hüfte des großen Großvaters gedrängt und hatte weit entfernt Schüsse gehört und den Ton eines einzelnen Motorrads und das Dröhnen von Flugzeugen und das Krähen der Hähne in Nachbars Hühnerstall. Detlev hatte sich gewundert, daß die Luft in der Nacht ganz anders roch als tagsüber beim Schularbeitenmachen oder beim Versteckspiel.

Jemand klopfte an die Kellertür. Der Großvater, die Großmutter, die Mutter, Detlev sahen zu den dicken Betonmauern am Eingang. Es hatte noch nie jemand von draußen an die

Kellertür geklopft. Der Großvater ging öffnen. Onkel Ernst kam herein. Sein Gesicht war voller Kohle und Ruß.
»Ernst, Ernst!« schrie die Großmutter und umarmte ihn. Sie weinte. Die Tränen rannen von ihren Backen auf die Backen von Onkel Ernst und weichten Spuren in sein geschwärztes Gesicht.
»Wie geht es Hanna und Elfriede und Jürgen und Emma?«
»Wir sind alle mit heiler Haut davongekommen. Und ihr?«
»Wie du siehst. Wir sind verschont geblieben. – Willst du dich waschen? – Was ist mit eurer Wohnung?«
»Hin! – Ich wollte nur sehen, wie es euch ergangen ist. Es war schwer, den Weg zu finden. Die Straßen brennen jetzt noch in der Stadt. – An die Kellertüren haben sie schwarze Kreuze gemalt.«
»Ob wir nach oben gehen können?«
»Fürs erste ist es vorbei.«
»Ganz meine Meinung«, sagte der Großvater.
»Hast du den Garten schon abgesucht, Paul?« fragte der Onkel.
»Nein, aber ich werde es gleich tun.«
Detlev wollte mit hinausgehen, aber die Mutter rief: »Ich lasse das Kind nicht in den Garten!«
»Im Haus ist es genauso gefährlich wie im Garten«, sagte der Onkel.
»Die Käsetorte ist wie ein Mond durch das Eßzimmer gerollt; du hast es selbst gesehen«, sagte die Großmutter.
Die Mutter blickte schräg nach oben und begann als erste über die Kellertreppe ins Haus hinaufzusteigen. Detlev hielt sich an Onkel Ernsts Hand fest und folgte ihm in den Garten hinaus. Es war Morgen. Eine schwarze Rauchdecke verdunkelte den Himmel. Blutrot oder feuerrot und rund – ›so rund wie die Käsetorte‹, dachte Detlev – hing die Sonne in dem brodelnden Gewölk. Im Nachbargarten streckte eine Frau die Hände aufwärts und schrie: »Meine Mahagonimöbel! Meine

Mahagonimöbel!« – »Bedauernswerte Frau«, sagte die Großmutter von der Veranda herunter.

Die beiden Männer und Detlev gingen eine Runde ums Haus. Dachziegel waren auf die Rosenbeete gefallen. Das Entréefenster lag zerstückt in den Hortensien. Auf der anderen Straßenseite war die Villa von Behrends in sich zusammengeknickt. Frau Behrends wurde unter den Mauerbrocken hervorgeschaufelt. Die Nachbarn flüsterten sich zu, daß die Balken ihr ein Ohr und ein Bein abgetrennt hätten.
»Wir müssen uns überzeugen, ob in der Laube alles beim Rechten ist«, sagte der Großvater.
»Die Scheiben sind heil. Das ist ein Wunder. Im Innern liegen die Gerätschaften durcheinander«, sagte Onkel Ernst.
Der Großvater schloß die Tür auf und betrat die Laube. Er klopfte an die Wände und auf den Boden.
»Nein, es ist nichts Schlimmes passiert«, sagte er beim Abschließen.
»Jetzt sieh nach deinen Hühnern, Paul«, sagte Onkel Ernst.
»Herkommen! Kommt schnell her!« rief die Großmutter von der Veranda. »Erna und Walter sind da.«
Detlev machte einen Diener vor seinem Onkel Walter und vor seiner Tante Erna, die auch beide kohlenschwarz im Gesicht waren wie Onkel Ernst; um ihren Hals hing an einem Bindfaden ein Eßgeschirr.
»Das ist alles, was wir noch besitzen.«
Detlev hörte Pferdegetrappel. Vor Behrends' zertrümmerter Villa kreischten die Sanitäterinnen auf. Detlev rannte mit Tante Erna und Onkel Ernst zur Straße.
»Das Kind kommt mir nicht auf die Straße«, rief die Mutter aus einem der Wohnzimmerfenster.
»Zebras vom Zoo!« schrie die Großmutter aus dem anderen Wohnzimmerfenster.
Fünf Zebras und eine Giraffe galoppierten an Detlev vor-

über. »Geht von der Straße, die Löwen und Panther sind auch gleich hier!«
»In der Kaiser-Friedrich-Straße trompeten die Elefanten und in den Schrebergärten hängen die Klapperschlangen mit den Orang-Utans in den Bäumen.«
Die Mutter holte Detlev von der Straße.
»Der Luftdruck hat die Kirschen von den Bäumen geschleudert. Sammelt sie in Körbe, ich will Kirschsuppe kochen«, sagte die Großmutter.
Der Himmel hellte sich über Tag nicht auf. Die Sonne durchquerte den schwarzen Himmel blutrot oder feuerrot und rund, wie die Käsetorte, von der niemand essen durfte.
Die Großmutter kochte zwei Eimer voll Kirschsuppe.
»Das Schrecklichste kommt erst noch«, munkelten die Nachbarn, »bei den nächsten Angriffen.«
Tante Erna und Onkel Walter und Onkel Ernst wollten auf dem Land Unterschlupf suchen. Sie aßen von der Kirschsuppe, soviel sie konnten, nahmen auch noch etwas in den Eßgeschirren mit und verabschiedeten sich. Als auch der Großvater keine Kirschsuppe mehr essen mochte, zog er den Handwagen aus der Laube, lud drei Koffer, die im Keller bereitstanden, darauf, gab den Hausschlüssel und den Schlüssel vom Hühnerstall der Nachbarin Frau Schlesner und sagte: »Ich habe mein Leben lang auf dieses Haus gespart.«
Er zog mit Detlev an der Deichsel des Handwagens. Die Mutter und die Großmutter schoben hinten nach. Sie fuhren Straßen entlang, deren Asphalt geschmolzen oder aufgeplatzt war; Rauch wehte aus den Kellern der ausgebrannten Häuser. Durch die Fensteröffnungen konnte Detlev den schwarzen Himmel sehen und Schornsteine, an denen manchmal ein Schränkchen hing oder Kacheln klebten.
Alle sechs Schritte schnupfte der Großvater hoch. Wenn er viermal hochgeschnupft hatte, räusperte er sich und spuckte aus. Wenn er achtmal ausgespuckt hatte, blieb er stehen und

schneuzte sich in sein Taschentuch. Hatten Detlev und der Großvater mit dem Handwagen Hühnerfutter geholt, war der Großvater höchstens zweimal unterwegs stehengeblieben, um sich in sein Taschentuch zu schneuzen.
»Hier war das Krüppelheim«, sagte die Mutter.
»Die Krüppel sind alle umgekommen«, sagte die Großmutter.
»Es ist nichts mehr von den Anlagen übrig.«
Sie zogen und schoben durch Stadtteile, die Detlev nie zuvor gesehen hatte. Als die rote, runde Sonne tief in dem schwarzen Himmel hing, wurde es kühler. Die Feuer nahmen ab.
Der Großvater und Detlev, die Großmutter und die Mutter erreichten einen Bahnhof. Der Großvater sagte: »Von hier aus verkehren vielleicht Züge nach Schlesien.«
Er gab den Handwagen beim Bahnhofsvorstand in Verwahrung. Er trug zwei Koffer. Die Mutter nahm mit der Großmutter zusammen den dritten.
»Der Junge ist zu klein zum Tragen«, sagte die Mutter.
Sie schleppten die Koffer über rostige Gleise, an aschebesäten Zügen entlang und zerrten sie in einen Waggon. Die Rouleaux waren heruntergezogen und klapperten im Abendwind. In den Fensterrahmen fehlten die Scheiben.
Eine Frau weinte in ihre verschränkten Arme hinein. Die Großmutter und die Mutter beugten sich zu ihr hinunter und klopften ihr auf die Schultern. Die Frau änderte ihre Haltung nicht und sagte nichts.

Zur Nacht wurden die Rauchwolken etwas schwärzer, als sie tagsüber gewesen waren. Der Zug fuhr noch nicht ab. Die Frau weinte immer noch.
Auf dem Gang kletterten vier Soldaten aus einem Fenster hinaus und zu einem anderen wieder herein. Sie setzten sich auf den Boden des Zuges, sangen und klopften den Rhythmus mit den Händen und Hacken. Detlev setzte sich neben sie.
»Der Junge sollte jetzt schlafen«, sagte die Mutter.

»Laß ihn nur«, sagte die Großmutter.
Detlev sang mit den Soldaten zusammen. Der Zug begann aus dem Bahnhof zu kriechen.

Schlechte Zeiten

»1947 herrschten schlechte Zeiten. Ein Mann hatte den gedruckten Anschlag ›Sind 200 Gramm Brot pro Tag und pro Person zu wenig?‹ mit einem bleistiftgeschriebenen ›Ja‹ beantwortet.
Die Straßen zogen sich schwarz und leer dahin; keine Autos, keine erleuchteten Schaufenster, keine Reiter. Es passierten viele Raubmorde. Zu Festtagen wurden gerupfte Krähen als Gänse verkauft. Büchertauschzentralen florierten. Die Schauspieler spielten mit Löchern in den Strümpfen ausländische Stücke und rauchten amerikanische Zigaretten. In den Kolonialwarenhandlungen konnte man Butteraroma kaufen und Hagebuttenmehl. Ein Bekannter von mir, ein Graphiker, entwarf Plakate für ›Morituri‹ und ›Die Mörder sind unter uns‹; in seinen Abendstunden schnitt er ernste Männer mit langen Regenmänteln in Holz.
Krankheiten traten verhältnismäßig wenig auf; so gab es überhaupt keine Leberleiden – wenn man von der epidemischen Gelbsucht, der ›russischen‹, absieht –, da kaum Soßen und Mayonnaise verzehrt wurden; auch Herzleiden blieben aus. Die Krankenhäuser standen leer. Manchen Leuten erfroren die Zehen oder die Hände oder die Ohren – manche erfroren gänzlich; andre wurden von Truppenmitgliedern beim Kohlenklauen erschossen; einige verhungerten oder litten zumindest längere Zeit an Ödemen.
Mein Neffe starb an einer Blutvergiftung. Er zählte gerade vierundzwanzig Jahre. Er hatte als Dolmetscher gelegentlich blonde Zigaretten mitgebracht, und rückblickend kann ich sagen, daß er immer ein stiller und bescheidener Junge gewesen war. Er hatte sich beim Auseinanderbrechen von Feuerholz einen rostigen Nagel in die Ferse gejagt, war klappernd zu Bett gegangen, hatte noch unruhig bis in den späten Mor-

gen geschlafen, und als dann schließlich die Ambulanz, die auf Holzgas fuhr, kam und ihn ins Krankenhaus transportierte, war es zu spät.
Als Pastor Franke meinem Bruder und mir öffnete, meinte er in unsere niedergeschlagenen Mienen hinein: ›Von der Schwedenspende ist nichts mehr übrig. Leider, leider.‹
Wir erklärten ihm, daß wir nicht wegen Brot oder Socken kämen. Er ging mit schlichten Worten auf unseren Kummer ein. Wir drückten ihm etwas ungerösteten Bohnenkaffee in die Hand. Er nahm ihn und versicherte, daß es nun eben zu seinen Pflichten gehöre, die toten Schafe seiner Gemeinde auf den windigen, abgelegenen Riesenfriedhof zur letzten Ruhe zu geleiten – wir hatten Januar –, und klopfte uns auf die Schultern.
Es blieb noch viel zu belaufen. Die Tischler hatten kein Sargholz. Sogar die Bäume aus Vorgärten und Parks wurden zur Feuerung verwendet. Schließlich war alles beieinander, was zu einer halbwegs ordentlichen Beerdigung gehört. Den Transport des Sarges übernahm das Bestattungsinstitut Lazarus gegen eine Stange amerikanischer Zigaretten – die letzte, die mein Neffe Uwe aus seinem Office mitgebracht hatte.
Wir Leidtragenden trafen uns alle bei mir. Meine Schwägerin Trude und mein Bruder Heinz Willi, die Hauptleidtragenden, kamen als erste. Trudes schwarzgefärbter Wolldeckenmantel glitzerte auf der Vorderseite über und über von gefrorenen Tränenspritzern, die das Karbidlicht nicht zum Auftauen brachte. (Da wir gleich wieder loswollten, hatte ich den Ofen ausgehen lassen und – um die Kälte etwas abzuhalten – bereits die Luken vor die Fenster gehängt.)
Trude hatte einen neuen Hut. Es war ein Turbanhut mit einem Trauerschleier, den sie, gleich nachdem sie eingetreten war, hochnestelte. Mein Bruder trug einen feldgrauen Soldatenmantel. Der Trauerflor war um den Ärmel geheftet, der in der Tasche steckte. Trudes Vater trat auf Krücken ein.

Meine Eltern gesellten sich auch hinzu. Mutter zeigte uns allen ein Paar glänzende Lederhandschuhe. ›Was bleibt einem andres als der Schwarze Markt?!‹ sagte sie. ›Ich habe Frost in allen Gliedern.‹

Später erschien auch Uwes Freundin, eine Ostpreußin, ein verschwitztes Mädchen. Sie hatte nach der Flucht in einer Kunstgewerbehandlung Beschäftigung gefunden. Als Letzter kam Eberhardt, mein zweiter Neffe, weil er noch die Schulspeisung hatte abwarten müssen. ›Wir können uns auf den Weg machen‹, sagte Trude, die Mutter des Toten. ›Die Nachbarn wollten erst auf dem Friedhof zu uns stoßen.‹

Im Hochbahnschacht erklärte Mutter: ›Kinder, im Raucherabteil bekommen wir mit unseren Kränzen leichter Platz.‹

›Ich bin so anfällig auf der Brust‹, sagte Hannelore, Uwes Freundin. ›Uwe hat sich meinetwegen sogar das Rauchen abgewöhnt. – Mein Uwe!‹

Der Hochbahnzug fuhr ein. Mutter strebte dem Raucherabteil zu. Ich folgte ihr. Trude, Heinz Willi, Hannelore, Vater, Trudes Mutter, selbst Trudes Vater, der sich eben erst das Rauchen abgewöhnt hatte, weil er sich auf dem Schwarzen Markt für seine Raucherkarte schmerzlindernde Mittel – seiner Beinstümpfe wegen – eintauschte –, und mein zweiter Neffe Eberhardt stiegen ins Nichtraucherabteil.

Mutter fand einen Sitzplatz. Sie legte den Kranz um ihre Knie. Der selbstgebaute und selbstzurechtfermentierte Tabak, den die Leute aus Mangel an Nahrungsmitteln rauchten, erstickte den Geruch der Totenblumen.

Es fing an zu dämmern. Die Seile für die Laufkatzen am Hafenbecken hingen ins Wasser. Mutter summte vor sich hin: ›. . . und deiner Schiffe Masten Wald.‹

Wir fuhren unter die Erde. Einige Lampen im Abteil glommen auf. ›Ja, unser Uwe!‹ sagte Mutter. Wir fuhren schräg aus der Erde an den ausgebrannten Mauern einer Sparkasse oder eines Ortsamtes vorbei. Die Trümmergrundstücke mehrten sich. Schutt verdeckte die Straßen und die Straßenbahnschienen. Der Wind blies über die weiten, im Dämmern dunkelrosa Flächen und drückte den Nebel in großen Schwaden aus den Landbezirken herein. Die Abstände zwischen den Stationen wurden größer. Mutter nickte über dem Kranz aus Lebensbaum und Chrysanthemen ein. Ich verfolgte die Leitungsbündel an den Wänden der Tunnel und die sich verschränkenden Schienen, auf welche die Lichter des Hochbahnzuges Reflexe warfen. Wir durchquerten einen halbentlaubten Wald. Die roten und gelben Blätter kontrastierten mit dem Schwarz des Geästs. Mittendrin behauptete sich ein ganz unnatürlich wirkendes Grün an einem weithin sichtbaren Busch. Unser Abteil leerte sich. Am anderen Ausgang entdeckte ich zwei Männer, die ebenfalls Kränze trugen.

Auf der Hochbahnendstation kamen fast nur Leute in feldgrauen Mänteln oder in schwarz eingefärbten Mänteln zusammen. Viele von ihnen hielten Kränze vor sich hin – andre, sie kamen wohl gerade von einem frischen Begräbnis, standen zu kleinen Gruppen geordnet – ohne Kränze, mit bläulich angelaufenen Nasen und roten Lidrändern. ›Kapelle siebzehn‹ wurde gerufen. ›Siebzehn!‹

Unsere Verwandten aus dem Nichtraucherabteil schlossen sich wieder Mutter und mir an.

›War es nun wirklich wärmer und bequemer im Raucherabteil?‹

›Ist die Luft beim Stehen im Nichtraucherabteil wirklich so viel angenehmer?‹

Da durchbrach ein Paar unsere Reihen und streifte mit den Trauerschleifen an die Krücken von Trudes Vater. Es erinnerte uns an die bevorstehende Pflicht, Uwes leibliche Reste in eine hartgefrorene Grube zu legen und mit klammen Händen drei Klumpen Erde in das längliche Loch zu werfen. Beim Aufseher am Haupteingang des städtischen Friedhofs bildete sich eine Menschenschlange wie vor den Lebensmittelgeschäften.

Während wir auf Auskunft warteten, fuhren durch das Mitteltor – sehr langsam – zwei Limousinen, ein Horch und ein Maybach.
›Die Schieber‹, sagte Mutter. ›Die können es sich leisten. Die Schwarzmarktleute haben natürlich Benzin, um zum Friedhof zu fahren. Gangster. Alles Gangster.‹
Sie sprach das Ä des englischen Wortes wie ein A. Sie wollte sich nicht an die richtige Aussprache gewöhnen. Ihr Enkel Uwe hatte sie zu seinen Lebzeiten oft bescheiden und humorvoll verbessert.
›Daß wir noch sind, wie wir sind, das danken wir einzig und allein dem Schwarzen Markt‹, sagte mein Bruder.
›Willst du mir meine Lederhandschuhe vorhalten? Ich hatte nichts andres Schwarzes an die Finger zu ziehen. Außerdem gibt es kein Glied an meinem Körper ohne Frost. Dies einzige Paar Lederhandschuhe, wofür ich Kleists Gesammelte Werke und Großmutters mit eigenen Händen gewebte Tischdecke hingegeben habe?!‹
›Kapelle elf, bitte?‹ fragte Trudes Vater den Aufseher.
›Haben Sie keinen Wagen mit?!‹ scherzte der zurück. ›Sie hätten eine Station früher aussteigen sollen. Also, passen Sie auf: Sie gehen jetzt den Hauptweg geradeaus bis zum Rondell mit dem Segnenden Christus, dann schlagen Sie halbrechts die Allee zur Schünemanngedenkstätte ein; Sie lassen die Gefallenengräber 70/71 links liegen und biegen bei dem Engel mit der marmornen Taube scharf nach links ein, bis Sie zu dem Monument für die Politischen Opfer kommen, dann wieder links und immer wieder geradeaus – nein! Sie können auch abkürzen – bei den Politischen Opfern gehen Sie scharf rechts bis zu den Opfern der Terrorangriffe, und da folgen Sie einfach dem schmalen Weg an den Neuanlagen, bis Sie das Kapellchen zwischen den Lebensbäumen liegen sehen.‹
Wir fanden den Weg gemeinsam leicht. Kaum waren wir vor das noch geschlossene Tor der Kapelle gelangt, traten auch

schon Nachbarn und Schulfreunde und Arbeitskameraden von Uwe auf uns zu. Einige Männer weinten heftig. Die Tränen rannen über die grauen Falten und Höhlungen der Gesichter und tropften vom Kinn oder – bei Bewegungen – von den Backenknochen auf die langen Regen- oder Soldatenmäntel, wo sie sogleich gefroren.

Die Pforten zur Kapelle rauschten auf. Volle Orgeltöne schwangen sich heraus, in die sich die kräftige Stimme eines Cellos mischte. Da es sehr kalt in der Kapelle war, verzitterte jedoch oft schon der schöne Ton des Saiteninstrumentes, ehe er hätte zu Ende sein sollen. Pastor Franke, nachdem wir alle nicht ohne Seufzer, Tränen und Gepolter – Trudes Vaters eine Krücke fiel zu Boden – Platz genommen hatten, erinnerte uns alle an sein letztes Zusammentreffen mit Uwe – als dieser gerade wegen seiner schwächlichen Gesundheit vom Arzt eine Sonderzuteilung Milch und Butter verordnet bekommen hatte. Er versicherte uns, daß alles in Gottes Hand beschlossen liege, der Uwe nun um so vieles näher gerückt sei.

Der Pastor trat zurück, und alle sahen wir auf die untere, stoffverhangene Ecke, wo wir unter Fransen, dem Sargholz, unter dem Leichentuch Uwes tote Füße vermuten mußten – wenn der Sarg nicht verkehrt herum stand.

Sechs alte Männer mit silberverzierten Dreispitzen traten von draußen ein. Sie stellten die Blumentöpfe zur Seite, schlugen das Fransentuch zurück, ruckelten mit zitternden Ellenbogen den Sarg auf die Schultern und trugen ihn im Gleichschritt aus der Kapelle. Im Freien standen die Posaunisten des Spielmannszuges, dem Uwe angehört hatte. Sie bliesen, während Uwe um zwei Ecken herum zur ewigen Ruhe getragen wurde.

Die Nebel verdichteten sich, es dunkelte merklich.

Wir erreichten die Grube mit dem lehmigen Haufen. Der Sarg sackte an den Seilen hinab. Pastor Franke sprach noch eine Segnung hinunter. Die Blumen und Zweige, die Uwe

nachgeworfen worden waren, raschelten auf unter den gefrorenen Erdbrocken, mit denen wir alle der Arbeit des Totengräbers ein bißchen vorausnahmen.
Pastor Franke und der Beerdigungsunternehmer mit seinen Gehilfen wollten nicht länger stören. Wir andren standen noch unschlüssig, als plötzlich hinter den benachbarten Grabsteinen fünf maskierte Männer mit vorgehaltenen Pistolen und Maschinenpistolen und Säcken hervorsprangen. Sie riefen: ›Hände hoch! Keinen Muckser, sonst seid ihr alle Kinder des Todes!‹
Soweit wir konnten, hielten wir augenblicklich die Hände in die Höhe.
›Hände hoch!‹ brüllten sie nochmals und fuchtelten mit ihren Waffen vor dem Gesicht meines Vaters herum und vor Trudes Vater.
›Paul, Paul, um Christi willen!‹ schrie meine Mutter auf.
›Ich habe nur einen Arm‹, beteuerte mein Bruder. Die maskierten Männer prüften den Ärmel mit dem Trauerflor am feldgrauen Mantel meines Bruders.
›Ich falle von meinen Krücken, wenn ich die Arme hochnehme‹, wandte Trudes Vater ein.
›Das kennen wir‹, sagte einer von den Maskierten. Sie nahmen Trudes Vater die Krücken weg und setzten ihn auf die Erde.
›Hände hoch jetzt!
Alle vor dem Grab aufstellen jetzt! Schnell, wir brauchen Übersicht!‹ schrien sie durcheinander. ›Ausziehen, alle, ausziehen, dalli!‹
Wir taten, wie uns geheißen. Die Frauen weinten laut. Einige von uns Männern knirschten heimlich mit den Zähnen, anderen schlugen die Kiefer laut aufeinander.
Die maskierten Männer stocherten mit ihren Pistolen auf uns ein. Sie sammelten Hüte, Handschuhe, Mäntel, die Posaunen des Spielmannszuges, die Krücken von Trudes Vater in ihre Säcke.

›Meine Krücken! Wie soll ich von hier fortgehen?‹

Sie antworteten nicht.

›In meinem Mantel befindet sich die ganze Ration Nähmittel. Ich brauche dringend Twist‹, beschwor Hannelore die Räuber.

›Ausziehen, schneller!‹ war die Antwort.

›Noch weiter?‹

›Unter den Augen des Kindes?‹

›Quatscht nicht soviel, sonst ...‹

Blusen, Shawls, Oberhemden, Röcke, die mit Pullovern zusammengenäht waren, ausgefranste Hosen – Hans Willi gab geniert ein Leibchen.

›Schuhe jetzt, Strümpfe, dalli, dalli!‹

›Wir erfrieren uns die Füße!‹

›Schuhe jetzt!‹

Unsere Glieder zitterten derart, daß wir es nicht vermochten, die Schleifen der Schuhbänder zu lösen. Die maskierten Männer zwängten uns das Schuhzeug und die Strümpfe von den Füßen.

›Weiter! Weiter!‹

›Lieber sterbe ich‹, sagte Trudes Vater, der nur noch von einer langen Unterhose bekleidet auf der Erde saß. Er zog das Gummi hinauf bis zu seinen ergrauten Brusthaaren. Zwei der maskierten Männer packten die leeren Beinlinge der Unterhose und begannen sie schon in ihren Sack zu stopfen, während Trudes Vater sie oben noch am Gummiband hielt. Das Gummi riß. Trudes Vater trommelte mit seinen Beinstümpfen auf die hartgefrorene Erde und weinte und schrie: ›Ich will nicht mehr leben! Ich will nicht mehr leben!‹

Als Trudes Mutter unter den nackten, spitzen Rippen das Strumpfbandgurt abgenommen werden sollte, schlug sie einem der Männer in die Maskierung. Ein sommersprossiges Jungengesicht kam zum Vorschein.

›Scheiße!‹ wurde gerufen und die Maskierung angesichts der

gefältelten Brüste der Greisin wieder umgebunden. Drei brachten das Strumpfbandgurt an sich.
Hannelore, als sie nackt neben dem Grabe stand, verließen die Sinne.
Ein mir unbekannter Herr, ebenfalls nackt, murmelte wiederholt:
›Ihr gemeinen Schweine! Ihr gemeinen Schweine!‹
Als nichts mehr an uns zu holen war, verschwanden die Räuber wieder in den Friedhofsalleen.
Die Kälte biß, daß wir weder klagen noch den nächsten Schritt tun mochten. Ich vermute, daß wir uns alle am liebsten in Uwes Grab gelegt hätten. Der Totengräber, der sich kurz vor dem Überfall dezent zu uns gesellt hatte, bemerkte: ›Sogar meinen Spaten haben sie mir weggenommen.‹
Hannelore kam wieder zu sich und fragte: ›Wo bin ich?‹
Zwei Schwestern aus der Nachbarschaft hüpften, sich gegenseitig an den Schultern haltend, immer auf und nieder: ›So bleiben wir warm und brauchen uns draußen auf den Straßen nicht dem Gespött der Leute preiszugeben.‹
Meine Mutter sagte: ›Es muß etwas unternommen werden. Wir holen uns sonst den Tod.‹
›Vor allen Dingen müssen wir zusammenbleiben. Einzeln sind wir verloren!‹ warf einer von Uwes Kollegen ein.
›Was haben Sie denn gedacht?‹ polterte mein Bruder los.
›Auf!‹ rief meine Mutter. ›Heinz Willi, du nimmst deinen Schwiegervater huckepack.‹
›Ich will hier liegenbleiben und sterben‹, beharrte Trudes Vater.
›Vater, du setzt dich jetzt auf Heinz Willis Rücken!‹ rief Trude. So geschah es. Wir hasteten los.
›Wir müssen uns alle anfassen und laufen, schnell laufen, sonst tragen wir alle schwere Erfrierungen davon‹, befahl Mutter. Wir griffen im Dunkeln nach unseren Händen und liefen stolpernd durch die Alleen. Als der Mond einmal aus den Nebelschleiern trat, erkannte ich meinen zweiten Neffen

Eberhardt neben mir. Sein kleiner, dünner, weißer Körper trug ein für seine Jahre übergroßes Geschlechtsteil.
›So nutzlos‹, dachte ich. ›Er wird es sich erfrieren.‹
Meine Mutter hatte die Führung übernommen.
›Weil ich am besten in der Nacht sehe.‹
Doch bald bemerkten wir, daß wir aufs Geratewohl herumirrten.
›Wo bleibt das Mahnmal für die Politischen Opfer und für die Opfer des Terrorangriffs?‹
›Lauft! Um Gottes willen! Wir erfrieren sonst alle‹, rief sie von vorn.
›Nur einen Augenblick mal verschnaufen‹, schrie Heinz Willi.
Der Mond brach erneut durch. Wir befanden uns unweit eines Monuments zum Gedächtnis einer Schiffskatastrophe: Auf mannshohem Sockel befand sich eine marmorne Gruppe von nackten Männern und Frauen, die alle ruhigen Blicks vor sich hin sahen.
›Wenn ich dir zu schwer werde, setz mich auf dem Denkmal ab und lauf allein weiter‹, sagte Trudes Vater.
›Wir wechseln ab‹, sagte Harald Wiechers, ein Freund von Uwe, und nahm Trudes Vater auf die Schultern.
In einer Seitenallee näherten sich zwei Männer, angezogen und ohne Masken, Gärtner vielleicht oder Pastoren. Wie ein Mann stürmten wir auf sie zu: ›Zum Ausgang? Zum Ausgang?‹
Als sie uns vor sich sahen, schrien sie: ›Die Gräber speien ihre Toten aus‹, und rannten, was ihre Lungen nur hergaben. Wir aber rannten ihnen ebenso schnell nach, immer wieder brüllend:
›Zum Ausgang? Man hat uns beraubt! Wir erfrieren! Wo ist der Ausgang?‹
›Erste links, beim Krematorium rechts, erste wieder rechts, bei der großen Eibe links, dann geradeaus, geradeaus ...‹ schrien sie in abgerissenen Sätzen zurück.

Unsere Ankunft beim Ausgang, unsere Einkleidung und Heimfahrt sind von den Zeitungen berichtet worden. Bei mir oben bereitete ich allen Heißgetränk und verteilte Frostsalbe. Ich riet jedem, einen Ziegelstein, einen einfachen Ziegelstein aus den Trümmern – manche kannten das tatsächlich noch nicht – die folgende Nacht über an die Füße zu legen –, aber lauwarm, nicht heiß!

Beim Abschied versicherten wir uns gegenseitig, daß – wenn wir es nicht selbst erlebt hätten und wir nicht die Erfrierungen fühlten – es keiner dem anderen glauben würde.«

Fachsimpelei

Der Hebel stand auf Reserve. Joe hatte schon an der vorigen Raststätte tanken wollen, aber als er bremste, um einzubiegen, stand rechts ein handbeschriebenes Schild: Auffahrt zur Raststätte wegen Autobahnausbesserungsarbeiten gesperrt. ›Es wird noch bis zur nächsten Tankstelle reichen‹, dachte Joe. Rechts stand ein blaues Schild, mit weißem, rundem Feld – in der Mitte ein blaues T.

›Ich habe es ja geschafft‹, dachte Joe; ›aber ausgerechnet hier muß ich tanken. Es ist die armseligste Tankstelle auf der ganzen Autobahn. Nicht einmal eine Raststätte liegt daneben, nur eine wackelige Brausebude.‹

Hinter der Holzbaracke wuchs ein verkrüppelter Eichbaum, der noch die rotbraunen, toten Blätter des letzten Herbstes festhielt. Die Blätter waren an der Oberseite schwarzgefleckt vom rußigen Staub der Autobahn.

›Es ist nichts los hier‹, dachte Joe. ›Keine Massen. Nur diese Baracke, in der sich niemand aufhält. Ich will Leute sehen, reden, Radau machen. Die Heimfahrt alleine ist jedesmal öde genug. Einer sitzt da wenigstens. Ein Kollege vermutlich. Warum trägt er eine Sonnenbrille bei der Finsternis hier drinnen?‹

Joe sah mit einem Lächeln das große Stielauge der Kamera an, die vor dem anderen auf dem Tisch stand. Er hob vergleichend seine eigene Kamera hoch, dann zog er einen Stuhl unter dem Tisch hervor und setzte sich dem anderen gegenüber. »Ich möchte wetten, wir sind Kollegen! Amateure sind nicht so ausgerüstet wie Sie. Wozu gebrauchen Sie das kleine Teleobjektiv?«

Der andre entfernte eine Fussel am linken Glas seiner Sonnenbrille. Er antwortete nichts. Er erzeugte einen kleinen Laut, ohne die Lippen auseinanderzuziehen.

»Mein Job sind am Wochenende die Ausscheidungsspiele«, sagte Joe. »Hartes Brot. Es wird einem nichts geschenkt heutzutage. Das wissen Sie selbst ebenso gut wie ich. – Bald habe ich es geschafft: das Sommerhaus für die Familie am See. Was ist denn Ihre Spezialität? Tierfotos?«
»Nicht gerade«, antwortete der andre und rieb an dem linken Glas seiner Sonnenbrille.
»Fotografieren Sie etwa auch Ausscheidungskämpfe?«
»Nein, keine Ausscheidungskämpfe.«
»Sie tragen die Sonnenbrille, weil Ihre Augen vom vielen Arbeiten in der Dunkelkammer angegriffen sind.«
»Nein. Ich habe nicht mehr zu tun als Sie. Sie tragen doch auch keine Sonnenbrille. Übrigens entwickle ich meine Fotos gleich hinten im Wagen.«
»Ich auch. Also sind Sie doch ein Sportfotograf.«
»Nein.«
»Seien Sie froh. Jedes Wochenende unterwegs. Immer Autobahn, Autobahn. Bis jetzt bin ich mit einem blauen Auge davongekommen: Ein Idiot, beim Überholen, ich will gerade ... schweigen wir lieber. Was nützt es, sich darüber aufzuregen. Ich bin gut versichert. Also unberufen, toi, toi, toi! – Wissen Sie, ich verlasse das Stadion meistens nach dem ersten Drittel des Spiels. Auf dem Parkplatz entwickle ich den Film und weiter geht's. Während der Fahrt trocknet der Film. Ich habe mir die Heizung in den hinteren Teil des Wagens legen lassen. Entschuldigen Sie meine Indiskretion, aber warum tragen Sie bei diesem bewölkten Übergangswetter eine Sonnenbrille? Es fängt sicher gleich an zu regnen.«
»Was für einen Wagen fahren Sie denn?« fragte der andere.
»Einen Kombiwagen. Ich brauche den Platz für die Geräte.«
»Wie ich auch.«
»Es ist eine Umstellung. Früher fuhr ich einen Zweisitzer. Aber man gewöhnt sich an alles. Das wichtigste sind schließlich der Motor und die Bremsen.«

»Ich bremse wenig.«
»Ich bremse viel; bei den Geschwindigkeiten, die ich hinlegen muß!«
»Ich habe meine eigene Taktik«, sagte der andere.
›Er wird warm‹, dachte Joe. ›Er wird gesprächiger. Er ist ein Autofanatiker. Man sieht es ihm an. Vielleicht fotografiert er Autorennen.‹
»Weit vor jeder Kurve geht mein Fuß vom Gashebel. Ich fahre verlangsamend, doch ohne die Bremse auch nur zu berühren, in die Kurve hinein, dann beschleunige ich und lasse mich durch den Motor wieder aus der Kurve heraustragen.«
»Das ist mir zu altmodisch und zu langweilig«, sagte Joe. »Ich rausche an die Kurve ran, trete auf die Bremse und lasse mich durch die Kurve schleudern.«
»Meine Fahrtechnik ist mir derart in Fleisch und Blut übergegangen, daß ich jedesmal, wenn ich auf die Bremse trete, ein unheimliches Gefühl in mir nicht unterdrücken kann. Wenn sich der Wagen wirklich unvorhergesehenerweise einmal nicht mehr durch den Motor abfangen läßt, bediene ich mich des Stotterbremsens.«
»Stotterbremsen!« sagte Joe. »Ich behaupte immer: Man kann sich auch zu Tode stottern.«
»Aber es ist doch einleuchtend. Durch das doppelte Ansprechen der Bremsbacken gerät der Wagen nicht ins Gleiten und ins Schleudern, sondern die Räder kommen ohne Verklemmung nach dem zweiten Bremsstoß gerade in ihrer Spur zum Stehen.«
»Ich könnte manches dagegen anführen, aber wir wollen uns nicht streiten«, sagte Joe. »Ich würde jede Wette mit Ihnen eingehen, daß ich meinen Wagen ohne Stottern genauso sicher zum Stehen bringe wie Sie mit Ihrer Methode. Sie glauben mir nicht? – Doch, doch! – Sehen Sie mich nicht so skeptisch an. Ich kann Ihre Augen gerade noch hinter den grauen Gläsern erkennen. Ja, mustern Sie mich nur! Ich bin keine Schönheit, ich weiß. Die Nase, das war ein Turnunfall.

Manchmal denke ich, ich hätte es doch in der Leichtathletik zu etwas gebracht. Schwamm drüber. – Ich schiele sogar ein bißchen. – Herr Ober, für mich einen doppelten Doornkaat! Trinken Sie einen mit?«

»Ich sage nicht nein.«

»Übrigens, mein Name ist Joe Westernhus.«

»Freut mich.«

Joe schwieg. Er sah von unten zu dem anderen hoch und sagte: »Ich verstehe das schon mit Ihrer Sonnenbrille. Als ich anfing, habe ich mich auch an die Prominenz herangepirscht. Damals habe ich auch bei Regenwetter eine Sonnenbrille getragen. Aber ich frage mich, wenn Sie Skandale fotografieren wollen und Ölmagnaten inkognito, was suchen Sie dann hier in dieser Bretterbude?«

»Ich will keine Skandale fotografieren.«

»Ich habe es auch nicht lange getan. Die Kamera wird einem kaputtgeschlagen, man wird verprügelt oder ausgelacht; man wird wie eine Fliege behandelt. Außerdem ist es widerlich, die dreckige Wäsche der Leute, wenn sie auf der Straße liegt, auch noch abzufotografieren.«

»Dreckige Wäsche gibt es nicht nur bei Skandalen.«

»Richtig, sehr richtig. Das ist mir aus der Seele gesprochen. Und schließlich wird man gar nicht alles los. Man ist von der Gnade der Redakteure abhängig. Sportfotos werden garantiert gebraucht. Es ist natürlich eine Hetzerei. Aber ich bin ein freier Mann, wenn ich so sagen darf. Ich muß nur aufpassen, daß ich immer schnell nach dem Entwickeln wegfahre. Wenn ich erst einmal in den Strom der Leute gerate, die vom Ausscheidungskampf zurückkommen, bin ich verloren. Ich verliere Stunden. Reiner Verdienstausfall. Ein Auto hinter dem anderen. – Aber das erleben Sie ja genauso wie ich.«

»Ja.«

»Ich muß gleich wieder los. Arbeiten Sie immer mit einer Kleinbildkamera?«

»Eine größere Kamera ist für meine Tätigkeit nicht nötig – zu umständlich.«
»Das verstehe ich. – Ich dachte schon, Sie fotografierten die Leichen bei den Autounfällen für die Polizei.«
»Ich fotografiere privat.«
»Und immer nur Kleinbild?«
»Ja.«
»Ich muß jetzt wirklich los. – Ober zahlen! – Nein, lassen Sie doch.«
»Es hat zu regnen angefangen.«
»Auf Wiedersehen.«
»Auf Wiedersehen. – Ich fahre auch bald los.«
»Ich hätte gerne gewußt, welche Spezialität Sie fotografieren.«
»Ja.«
Joe ging aus der Baracke. ›Ich habe den günstigen Augenblick verpaßt‹, dachte er. ›Die Fahrbahnen sind schon verstopft mit den Heimkehrern vom Ausscheidungskampf.‹
Joe ging an dem kleinen Eichbaum vorüber. Die Tropfen des sich verstärkenden Regens spülten den schwarzen Staub von den Blättern.
Joe mußte lange das Richtungslicht blinken lassen, ehe er sich an der Einmündung zur Autobahn zwischen zwei Wagen schieben konnte. Die beiden nebeneinander liegenden Bahnen wurden lückenlos befahren. Der Rückspiegel war voller Autos, die Scheibe vor ihm auch. Dann stockten die Wagen. Joe konnte sie stehen sehen, einen schräg vor dem anderen, den nächsten Hügelzug hinauf und hinter den Hügeln eine weite Kurve entlang.
›Schrittweise geht es vorwärts, schrittweise! Wozu hat man eigentlich einen Wagen?! – Straßenarbeiten.‹
Joe schachtelte sich an einer Engführung nach links.
›Geschwindigkeitsbegrenzung achtzig Kilometer pro Stunde. Ich verstehe nicht, warum es so langsam geht.‹

Rechts stand ein Pfahl mit einer weißen Scheibe, die ein schwarzer Querstrich teilte.
›Endlich!‹ Er überholte eine Kolonne von Wagen. Wieder sprangen die roten Stopplichter auf ihn zu.
›Es ist kein Vorwärtskommen. Der mit seiner ausgetüftelten Kurventechnik ist jetzt genauso schlau wie ich. Wenn man Schritt fährt, braucht man sich über Schleudergefahr keine Gedanken zu machen; ich hätte es ihm sagen sollen. – Endlich wieder freie Fahrt.‹
Joe überholte Wagen um Wagen. Rechts standen drei Schilder: das erste dreieckig, mit rotem Rand, auf weißen Grund ein schwarzes, rechtwinkliges Dreieck und die Angabe 15 %; das zweite rund, rotgerändert, 60 km; das dritte rund, weiße Fläche, roter Rand, ein schwarzer Wagen rechts, ein roter Wagen links. ›Geschwindigkeitsbegrenzung, wenn es endlich einmal vorwärtsgeht. Überholverbot. Gibt es überhaupt etwas Schöneres, als eine ganze Reihe von Leuten zu überholen – mit dem stärkeren Motor?!‹
Der Wind schob die Tropfen in Klecksen an die Scheibe.
›Was hat er gesagt? Gas wegnehmen, nicht bremsen?‹
Joe zog den falschen Knopf: Statt des Scheibenwischers gingen die Lichter an. Mit aufgeblendeten Scheinwerfern verfehlte er die Kurve und zerspellte in den Wipfeln der Bäume, die aus dem Tal hochstanden.
Wagen über Wagen reihten sich den Hügel hinauf. Als die Decke noch einmal von dem Toten gezogen wurde, eilte aus einem Kombiwagen ein Mann mit einer grauen Sonnenbrille durch den Regen. Er redete auf die Polizisten ein. Er zeigte einen Presseausweis vor und öffnete und schloß sein Portemonnaie mehrere Male. Er notierte sich eine Adresse in sein Merkbuch zu anderen Adressen: ... Winterhoffstraße 116, dritte, bei Kraul. Er fotografierte den durch die Äste herabgefallenen Körper Joes von allen Seiten.
›Der vierte‹, dachte er. ›Jetzt ist die Rolle abgeknipst. Ich kann

mit dem Entwickeln anfangen. Schnell, schnell! Den Film rausnehmen, damit ich den Angehörigen so bald wie möglich das Erinnerungsfoto präsentieren kann. Schnell noch einen neuen Film einlegen. Jeder muß leben.‹

Der Freihafen

Sie winkte ihm hinter den Marquisettevorhängen nach. Er winkte zum dritten Stockwerk hinauf. Sie sah ihn in den Bus steigen. Sie ging zum Frühstückstisch und räumte die Tassen, die Margarine, die Marmelade, die Kondensmilch, die Eierbecher mit den leeren, zerknickten Eierschalen auf das Tablett. ›Ich kenne das Gebiet nicht‹, dachte sie. Er hatte sie hindurchführen wollen; dann vermied er es. Sie war erneut darauf zu sprechen gekommen – er hatte Ausflüchte gesucht: »Nicht jetzt ...« Es sei zu kalt für sie. Sie wußte nicht einmal, was das Wort bedeutete. Wenn sie sich unauffällig nach dem Freihafen erkundigte, wich er aus.

›Warum heißt es Freihafen?‹ dachte sie. ›Ist es ein freierer Hafen als andere Häfen? Können sich die Zöllner, die Seeleute, die Hafenarbeiter dort freier bewegen als anderswo? Unterliegt alles dort anderen Gesetzen? Oder wird dort etwas befreit, freigemacht, wie man Briefe mit Briefmarken freimacht?‹

Sie mochte niemand anderen danach fragen. Sie scheute sich, ihre Bekannten lächeln zu sehen und zu hören: »Sie wissen das nicht? Ihr Mann sollte es Ihnen längst erklärt haben. Immerhin ist er bereits Assistent auf Anstellung. Er sieht aus, als würde er noch die gehobene Mittlere einschlagen. Wenn uns nicht alles täuscht, will er geradewegs auf den Zollinspektor los. Es wäre also an der Zeit, daß Sie, als eine Zöllnersfrau, wüßten, was ein Freihafen ist.«

Sie wollte ihn nicht drängen, mit ihr an den Sonntagen durch den Freihafen zu gehen. Es war erholsamer für ihn, in den Tierpark hinauszufahren oder den Fluß entlangzuwandern. Im nächsten Urlaub würden sie vielleicht nach Italien reisen. Wenn er außerhalb der Dienstzeit nicht von seiner Arbeit sprechen mochte, sollte er seine Enttäuschungen und seine

Erfolge lieber für sich behalten, anstatt gezwungenermaßen davon zu berichten. Nach der Prüfung – »die Prüfung wäre demnächst an und für sich das Wichtigste«, sagte er schon zwei- oder dreimal – würde er vielleicht gesprächiger werden.
›Wir haben unser ganzes Leben vor uns‹, dachte sie.
Wenn es so weiterginge, wie im Augenblick, würde sie zufrieden sein. Zwar war seine Dienstzeit nicht regelmäßig und der Haushalt stand kopf, wenn er vom Frühdienst an der Grenze plötzlich zur Spätschicht wechselte. Aber das war nur ein kleines Übel. Er vergeudete nichts von den vierhundertfünfzig Mark; die Raten konnten ohne Verzug gezahlt werden.
›Er ist etwas Besonderes‹, dachte sie. ›Er ist nicht wie jeder andere.‹
Sie langweilte sich nicht, wenn er fort war. Sie half oft, während der Hauptgeschäftszeit, in einer Backwarenhandlung; auch wusch sie die Wäsche selbst. Sie bügelte das schwere Zeug der Zöllnerkleidung, ohne sich zu beklagen. Sie ging wählerisch einkaufen. Sie kochte sorgfältig die Mahlzeiten für ihn. Der Tisch stand fertig gedeckt, wenn er von seinem Dienst an der Grenze nach Hause kam.
›Was ist das für eine Grenze?‹ dachte sie und fegte die Krümel, die vom Frühstück übrig waren, mit einer chromgefaßten Bürste auf ein verchromtes Schäufelchen.
›Grenzen gibt es im Norden, wo er im Krieg bei der Flak gedient hat.‹
»Es war eine schöne Zeit«, sagte er manchmal und holte aus einem eingerissenen Briefumschlag Fotos von sich und seinen Kameraden hervor. Die Jungen lehnten in beutelnden Hosen an einem Flakgeschütz und lachten.
»Wie seid ihr blutjung gewesen«, sagte sie jedesmal.
Er tupfte mit dem Zeigefinger auf einige der lachenden Jungen und sagte: »Der und der und der und der sind gefallen – später in Rußland. Der war mein besonders guter Freund.«

Seine Augen blieben für Sekunden, ohne zu blinzeln, auf die fotografierten Augen gerichtet.
»Was bedeutet das hier?« Sie holte ein graues, verwackeltes Foto unter den anderen hervor.
»Das ist eine Aufnahme, die während eines Angriffs mit der Box gemacht worden ist. Erinnerst du dich nicht mehr, die Leuchtspuren, die Tannenbäume, den Feuerschein?«
»Nein, ich war damals noch ganz klein.«
»Ich würde gern wissen, wie es heute dort aussieht.«
›Heute ist auch die dänische Grenze keine wirkliche Grenze mehr‹, dachte sie. ›In Afrika gibt es noch Grenzen. Die Grenze zwischen Pakistan und Indien ist eine wirkliche Grenze. – Mitten in unserer Stadt – im Freihafen – wird von einer Grenze gesprochen.‹
»Schmuggelt man bei euch eigentlich viel?« fragte sie ihn.
»Zum Schmuggeln muß erst einmal die Möglichkeit bestehen, an Schmuggelware heranzukommen. Dann gehört Mut zum Schmuggeln, und wenn wirklich einer den Mut aufbringt und sich ein paar Fleischkonserven irgendwo hinsteckt, hat ihn bestimmt einer bei der Fahndung angezeigt, bis er zum Ausgang kommt.«
»Was ist die Fahndung?«
»Ein Blödsinn.«
»Stehst du nicht gern an der Grenze?«
»Ich bin zufrieden. Ich verdiene so viel, daß wir mit dem, was du dazubringst, genug zum Leben haben. Vielleicht sollte ich die Prüfung für die gehobene Mittlere machen – vielleicht nicht. Ich bin zufrieden – aber leicht ist es nicht.«
»Mußt du dich sehr anstrengen?«
»Nein.«
»Meinetwegen brauchst du die Prüfung nicht zu machen. Auch ich bin zufrieden.«
»Es ist alles in Ordnung«, sagte er.
»Ja.«

»Wirklich?«
»Ja, warum nicht?«
»Du meinst also, ich sollte die Prüfung nicht ablegen?«
Vielleicht hätte sie ihm zureden sollen, dachte sie, während sich die dünnen Reste vom Kaffee im Spülwasser hochwellten. ›Wenn er noch einmal davon zu sprechen anfängt, werde ich ihn zu seiner Prüfung anspornen. Er schafft es bestimmt.‹
Sie dachte, daß sie gern ein Kind von ihm hätte. Sie dachte, daß sich der Junge genauso breitspurig und schweigsam bewegen würde wie sein Vater, wenn sie sonntags im Tierpark den Gemsenfelsen bestiegen und er ihr seine Hand hinunterreichte, um ihr beim Aufstieg behilflich zu sein.

Gegen halb acht Uhr abends wurde Dietrich an der Grenze abgelöst. Er ging nicht über die Brücke, die nach draußen in die Stadt führte, zu den Kneipen, wo die Bootsmänner und die Schauerleute Schnaps tranken, wo es Fliederbeersuppe mit Grießklößen und Matjesfilet mit Speckstippel gab – er ging weiter ins Innere des Freihafens.
»Noch nicht genug?« sagte Herr Schönfelder zu Dietrich. »Wollen Sie noch eine Runde machen? Haben Sie eine Verabredung? Wollen Sie etwa selbst schmuggeln?« Herr Schönfelder lachte.
»Mir ist etwas aufgefallen«, sagte Dietrich. Er entschloß sich zu diesem Alibi, um Herrn Schönfelder abzuschütteln. Er konnte nicht sagen: ›Ich will jetzt ganz allein, ohne jeden Grund, ohne Absicht durch den Freihafen trödeln. Es ist gar nichts weiter dabei.‹
›Es würde nicht stimmen, wenn ich das sagte‹, dachte Dietrich.
»Ich möchte einer gewissen Beobachtung nachgehen. Ich kann noch nicht darüber reden, Herr Schönfelder.«
»Ich verstehe.« Herr Schönfelder sah Dietrich gewissenhaft in die Augen. Die scharfen Linien in seinem Gesicht lösten

sich wieder. Er flüsterte: »Handelt es sich um Rauschgift?« Dietrich schüttelte den Kopf. »Schmuck? – Gold?«

Dietrich ging kopfschüttelnd an der schwarzen Front des Speichers vorbei und bog in die Chaussee ein, die zu den Verladekais führte. Der Asphalt neben den Hallen war menschenleer. Haufen von Autos standen auf den Plätzen zwischen den Remisen. Tonnen waren auf den Rampen festgekeilt und mannshohe Kabelrollen mit schwedischen Aufschriften.

Dietrich schwang sich mit einer Hand zur Verladerampe hinauf und ging in halber Höhe zwischen Hallen und Wasser an den Aufbauten der Schiffe und den Dächern der Güterzüge vorüber. Die Waggontüren trugen Siegel. In gleichmäßigen Abständen passierte er Neonlampen an Riesenbügeln. Sein Schatten drehte sich um sich selbst.

›Zu dieser Stunde ist es hier draußen kahl. Hinter den Schiebetüren stapelt sich alles zusammen und stinkt durcheinander: Rohmaterialien, Halbveredeltes, Tabak, Kali, Rosinen. In den Amtsstuben stapeln sich vor den Zollinspektoren die Akten und Formulare‹, dachte Dietrich.

Er ging bis an die Spitze der Insel, wo die Nebengewässer in den Hauptfluß mündeten. Die alten Speicher waren eingerissen worden. Mauerstücke lagen violettgefärbt unter den Lichtbögen der Elektroden, die von den Docks herüberstrahlten. Dietrich dachte, wie gut es täte, nach den leeren Stunden an der Grenze durch die zerbrochenen Wände zu klettern und die flatternde Luft einzuatmen, die gemischt war mit dem Staub der zerstörten Speicherkammern und dem fauligen Hauch aus den aufgedeckten Kellern.

›Acht Stunden Dienst an der Grenze‹, dachte Dietrich. ›Die Autos fahren am oberen Zipfel des Freihafens herein und an meiner Grenzstation wieder hinaus. Auch umgekehrt. Sie sparen sich den Umweg über die Autobahn. Es lohnt sich nicht, sie zu kontrollieren. Sie haben nichts zu verzollen. Nur der Form halber gehe ich an die Wagen heran und sehe den Fahrern und den Beifahrern gewissenhaft ins Gesicht, und nach einer Sekunde Zögern – von der ich längst nichts mehr halte und von der auch die Autofahrer längst nichts mehr halten – gebe ich das Zeichen zur Weiterfahrt.‹

Dietrich tastete sich die Bohlentreppe zum Ponton hinunter. Als er ans Wasser trat, fuhr ein Mann aus dem Schatten der Duckdalben und rief: »Hab ich mich erschrocken!«

»Ich will nichts von Ihnen«, sagte Dietrich. »Warum erschrekken Sie sich so?«

»Wenn Sie derart plötzlich auf den Ponton gestürzt kommen.«

»Tun Sie hier irgend etwas Vorschriftswidriges?«

»Ich und ...«

»Was suchen Sie so spät am Abend noch im Freihafen?«

In Wirklichkeit war es Dietrich gleichgültig, was der Mann abends im Freihafen beabsichtigte – aber er hielt auch an der Grenze die radfahrenden Jungen an, brüllte ihnen nach, wenn sie wie die wilde Jagd am Zöllnerhäuschen vorübersausten, und zwang sie, zur Kontrolle zurückzukommen.

»Es ist noch nicht einmal halb acht!« sagte der Mann. »Und zweitens: Was beabsichtigen Sie denn hier auf diesem einsamen Ponton?«

»Ich bin Zollassistent.«

»Tatsächlich?«

»Ja – auf Anstellung.«

»Nur auf Anstellung also.«

»Das ist reine Formsache. – Sie haben mir meine Frage noch nicht zufriedenstellend beantwortet.«

»Man wird doch wohl noch in den Fluß pinkeln dürfen, ohne beim Zoll deswegen vorstellig werden zu müssen.«

Dietrich verbat sich nicht den Ton; er führte nicht an, daß die Erschrockenheit des Mannes jeder Verdächtigung freien Lauf ließ. Er hätte ihn durchsuchen können, eine Leibesvisitation vornehmen.

›Ich habe kein Glück damit. Alle Stichproben laufen bei mir

negativ aus; manchmal findet man in einem doppelten Boden ein paar Stangen Zigaretten oder ein Tigerfell oder eine Krokodilsledertasche. Man hat mehr Schreiberei davon, als die Dinge wert sind. Ich bin noch nie auf Diamanten gestoßen oder Opium. – In dieser Stadt nimmt der Rauschgifthandel mehr und mehr ab, meint Herr Schönfelder. Unser Volk spricht darauf nicht an. Unser Volk hat sich nach dem Krieg auf viel zu solide Füße gestellt. Warum sollten die Leute Rauschgift schmuggeln? –‹

»Man weiß nie«, sagte Dietrich. »Sie könnten hier auf dem Ponton vielleicht etwas Unsittliches begehen wollen oder vielleicht einen Selbstmord versuchen – im Wasser, in der Nacht.«

»I wo!«

Dietrich fühlte, wie der Hunger sich in seinem Körper ausbreitete. ›Anke gießt jetzt die Kartoffeln ab und stellt sie in einer weißen Schüssel auf den Topf mit dem schmorenden Gemüse!‹ dachte er. Der Ponton unter ihm stieg an und fiel ab. Er sah hinüber zu den blauen, sengenden Sternen auf den Docks. Er versuchte die Umrisse des Schiffes auszuspähen, den halbfertigen Frachter, das ausgebesserte Passagierschiff, den breiten Bauch, der Waren aufsog und umherschleppte und über die Kais von Freihäfen entleerte. Dietrich konnte dem Schwanken des Pontons nicht widerstehen; er begann zu taumeln. Er ging, ohne den Mann noch einmal anzusprechen, eilig die Bohlentreppe wieder hinauf. Die Wellenbewegung hob ihn weiter an, während er schon auf der festen, geraden Straße die Lagerhallen entlang lief.

Er überlegte, ob er die Prüfung machen sollte. Anke drängte ihn nicht dazu. Sie würde sich in ihren Lebensansprüchen beschränken, bis er nach einigen Dienstjahren eine angemessene Gehaltserhöhung bekäme.

Anke schwärmte von einer Schrankwand aus Teakholz, überhaupt von dänischen Möbeln und Lampen.

›Von der Flakbatterie war es nicht weit nach Dänemark.‹

Anke ersehnte zollpflichtige Waren für ihren Hausstand, umgeschlagen in Freihäfen, die diesem Freihafen glichen.
Anke drängte ihn nicht, die Prüfung zur gehobenen Mittleren abzulegen, damit er schneller in eine höhere Gehaltsklasse eingestuft würde. Er wußte nicht genau, was man in dieser Prüfung vom Prüfling erwartete. Er hatte sich gescheut, mit seinen Kollegen darüber zu sprechen, aus Furcht, sie würden dann von vornherein erwarten, daß er sich zur Prüfung anmeldete. Wenn sie aus sich heraus über die Prüfungen sprachen, war ihren Worten nichts Handgreifliches zu entnehmen. Sie hielten sich über Sprachfehler und Körperbehinderungen der Prüfenden auf. Er verstand immerhin, daß es sich vorerst um eine Art Intelligenzprüfung handle. Er glaubte nicht, daß er dumm sei, aber es ängstigte ihn, sich in einem Zollraum mitten im Freihafen abschätzen zu lassen, wie man Einfuhrgüter nach Tara und Reingewicht abschätzt. Auch müßte er die Zollgesetze beherrschen und von allen Waren die Eigenschaften wissen, das Herstellungsland, die Wirtschaftlichkeit, Haltbarkeit, Farbe und die spezifischen Gewichte. Die Fabrikate stapelten sich vor ihm zu einem turmähnlichen Haufen, zu Hügeln mit spitzigen Zacken; Chromwerk lag gitterartig darüber.
Diesen Haufen müßte er bestimmen, im einzelnen auswägen, Abweichungen in der Fabriknorm entdecken – ehe die Waren über die Grossisten zu den Kleinhändlern, zu den Verbrauchern, zu Anke in den Hausstand gelangten.
Dietrich wischte sich über die Augenbrauen.
›Ich phantasiere. Der leere Magen ist daran schuld.‹
Er legte sein Gesicht an das Gitter, welches die Kokerei der Gasanstalten umschloß. Dampf drehte sich die Röhren und Reservoirs entlang, dahinter flackerte Feuer gegen die Wolken. Die Türme und Hügel wurden von dem roten Schein bewegt wie ein Scherenschnitt, der über Flammen auf- und niederweht.

Dietrich folgte nicht dem Wegweiser, der die Richtung zum Ausgang anzeigte, er ging auf den Rangierbahnhof zu. Hohes, überjähriges Gras wehte an den Straßenrändern. Es hatte sich auf den Unterkellerungen von zerstörten Lagerhäusern angesiedelt. Von unten herauf roch es nach Verfaultem.
›Vielleicht stinken die Abgase bei der Koksgewinnung derart. Zur Prüfung muß ich mich genau in Chemie und Physik auskennen; wenn man sich seit der Schulzeit nicht mehr mit derlei beschäftigt hat, ist es unmöglich, sich diesen umfangreichen Wissensstoff wieder in den Kopf zu hämmern.‹ Er drehte sich zurück. Er sah die Kokerei von der anderen Seite. Schwarze Kuben verschoben sich im Qualm. Flammen griffen in die Stege und über die Zylinder. In Dietrichs Augen spiegelte sich der Feuerberg. Er dachte, daß es ausgesehen haben müßte wie jetzt, als die Speicher während des Krieges zusammenglühten, als die Kräne sich röteten und zum Wasser hinunterknickten, als das Feuer die Waren im Freihafen zu Asche brannte, als er im Norden nicht weit von der dänischen Grenze an der Flak diente – ehe das gelbe, hohe Gras sich müßig auf den halbbewahrten Kellergeschossen festsetzen konnte.
Die Flammen in der Kokerei wurden gedrosselt.

Anke machte ihm keine Vorwürfe, weil er verspätet nach Hause kam. Sie sagte: »Hattest du länger zu tun?«
Er wollte sie nicht belügen. Er wollte keine Erklärungen abgeben.
Er sagte: »Nein.«
Sie fragte nicht weiter. Sie meinte, daß sein verspätetes Kommen mit der Prüfung zusammenhing. Sie brachte die Kartoffeln, deren Oberfläche vom Nachwärmen trocken und schrundig geworden war. Sie zerschnitt das Bratenfleisch.
»Die Soße ist inzwischen verbruzzelt. Hoffentlich stimmt es noch mit dem Salz.«
Sie reichte ihm die Serviette im Serviettenring. Er aß langsam.

Er spießte umständlich jedes Kartoffelstück an und legte wiederholt die Gabel aus der Hand, ehe er den Bissen zum Munde führte, und sah auf den Tellerrand.
»Schmeckt es nicht?«
»Doch.«
Er kaute behutsam, nickte ihr zu und sagte: »Doch.«
Er beobachtete sie, während sie sich über das Essen neigte. Er zog mit dem Blick die Linie ihrer Backenknochen nach und registrierte die hauchzarte Tönung Pfirsich, die ein Puder auf ihrer Haut abgelagert hatte; er sah in die zurechtgerollten und hochgesteckten Haare; er sah ihre Augen, deren obere Lider ein sorgfältig mit dem Dermatographen gezogener, schwarzer Strich markierte; er sah den tadellos weißen Kragen – Anke wechselte jeden Tag die Bluse –, er stellte sich den kleinen Hügel von Blusen vor, kaum bestaubt und angeschwitzt, noch duftend nach dem Parfum ihrer Toiletteseife, den Anke jeden Freitag zusammentrug, um ihn geschwind auszuwaschen; er stellte sich vor, wie sie sich ihm bei ausgelöschtem Licht in durchsichtigem Nachthemd zuwandte; er sah über das blanke Geschirr, über die Schüsseln voller Speisen, die Gewürze, die Tischdecke, deren Kniffe zwischen den Geräten zum Vorschein kamen, und er sagte sich, daß alles ruhig und in Ordnung sei, daß alles seine Richtigkeit hätte, wenn er sich nun zur Prüfung anmelden würde; mit einem höheren Gehalt könnten sie sich einen gediegeneren Tisch leisten, dünneres Porzellan, feineres Essen, eine Schrankwand aus Teakholz; an Kinder könnten sie überhaupt erst nach seiner bestandenen Prüfung denken, denn wie sollte Anke in der Backwarenhandlung helfen und gleichzeitig einen Säugling pflegen? Er selbst würde einen ordentlichen Platz zwischen den Gütern im Freihafen finden, wenn er die gehobene Mittlere einschlüge; als Zollinspektor wäre er ein Mann, der seine Zeit nützte, kein Assistent mehr, der seine Tage damit herumbrachte, leere Wagen zu kontrollieren und unschuldige Passanten zu visitie-

ren. Als Zollinspektor könnte er Anke in sein Büro fahren, könnte auf Akten weisen und auf die Kais vor seinem Fenster und sagen: »Dies ist mein Arbeitsfeld.«

Er sah sich kleiner und kleiner werden, so klein wie eine Lagerhausratte vor den riesigen Kartons mit den ausländischen Porzellanen. Er sah sich von Amts wegen in Waren wühlen, und im Zimmer zu Hause sah er Kinderkleider, Pullover, Tuben, Strümpfe, Bälle, die sich stapelten. Er dachte: ›Was wird von mir und Anke übrigbleiben?‹

Er aß nicht mehr. Sie trug die halbgeleerten Schüsseln und die abgegessenen Teller hinaus.

›Ich muß ihm Mut machen‹, dachte sie. ›Er kann die Prüfung spielend schaffen.‹

»Dietrich«, sagte sie, »du kannst es spielend schaffen. Du bist nicht wie die anderen. Du bist begabter und – wie soll ich sagen – eigenwilliger. Ich sage es nicht meinetwegen. Unser Leben ist gut, wie es ist. Ich dränge dich nicht, weil ich es besser haben will. Ich werde dir eine gute Frau sein und unseren Kindern eine gute Mutter, auch wenn ich weiter in der Backwarenhandlung helfen muß. Aber du, mit deinen besonderen Fähigkeiten, wirst auf die Dauer nicht mit der gewöhnlichen mittleren Laufbahn zufrieden sein.

Als du seinerzeit zum Zoll gingst, war es nicht, weil du zu etwas anderem unfähig gewesen wärest – du gabst dem Drängen deines Großvaters nach, der es immerhin zu einem Zollinspektor gebracht hat – als ein Volksschüler. Du siehst, du brauchst wegen dieser Prüfung – es ist doch nur eine Intelligenzprüfung – keine Angst zu haben; außerdem hast du doch die Prüfung zum Zollassistenten vor ein paar Jahren spielend geschafft. Ich spreche nicht meinetwegen. Mir ist ein mittlerer Beamter ebenso lieb wie ein gehobener mittlerer. Ich meine nur, damals als du beim Zoll anfingst, wolltest du dich nach dem Krieg in Sicherheit wissen, du wolltest alles, was du bei der Flak erlebt hattest, überdenken. Jetzt willst du aber in

Wirklichkeit höher hinaus. – Glaub mir, ich sage das alles nicht wegen eines größeren Haushaltsgeldes.«

Er dachte, daß von ihrer beider Leben nichts anderes mehr übrigbleiben würde als Wühlerei. Die Ausflüge in den Tierpark würden seltener werden, und die Spaziergänge den Fluß entlang würden unterbleiben.

›Kinder‹, dachte er. ›Sollen wir Kinder haben?‹

Er sagte: »Als wir bei der Flak dienten, war alles anders. Wir dachten nicht daran, eine Familie zu gründen und uns fortzupflanzen. Wir lagen in Baracken zu vieren und zu sechsen. Wir gingen tagsüber in die Obstpflanzungen der Bauern und pflückten Äpfel. Wir erfuhren aus dem Radio, welche Städte angegriffen worden waren und wie viele Tote es gegeben hatte. Es war eine schöne Zeit. Ich weiß nicht warum, aber es war die schönste Zeit.«

›Es ist, als wären ich und alle meine Mühen überflüssig‹, dachte sie. ›Wir waren benommen, wie flötespielende Schüler, als wir heirateten.‹

Sie sagte: »Hol doch die Bilder von der Flak und zeig sie mir noch einmal.«

Er dachte: ›Wenn ich durch die Prüfung falle? Damals bei den Flakgranaten stand ich meinen Mann wie jeder. Wenn ich inzwischen verweichlicht bin? Vielleicht schrecke ich nur aus Feigheit vor der Prüfung zurück? Meine Frau und meine Kollegen würden mich verachten.‹

»Dietrich, meinetwegen brauchst du die Prüfung nicht zu machen. Wir richten uns ein, wie es eben geht.«

›Sie meint es nicht, wie sie es sagt. Sie will Kinder haben, um sie in einer verchromten, hochbeinigen Kinderkarre herumfahren zu können. Ich habe keine Angst vor der Prüfung.‹

»Hol die Bilder aus deiner schönen Zeit bei der Flak.«

»Gleich. Ich will nur schnell ein paar Zigaretten aus dem Automaten ziehen.«

»Es sind noch Zigaretten für dich da.«

»Die sind ohne Filter. Du rauchst doch gern eine Filterzigarette.«
»Ziehst du keinen Mantel über?«
»Nein. Es regnet nicht. Es ist nicht kalt draußen.«

Sie wartete. Die Scheinwerfer der Autos warfen das Geäst der Straßenbäume über die Hinterwand des Raumes, über das Büfett, über das Barometer. Plötzlich streifte sie die Furcht, später öfter auf ihn warten zu müssen; vielleicht würde er ihr einmal untreu werden, vielleicht würde ihm die Arbeit über den Kopf wachsen. Mit dem nächsten Schattenspiel an der Wand zerfaserte ihre Furcht wieder. Sie schob das Gebäck und die Tassen zurecht für den Kaffee, den sie aufgießen wollte, wenn er zurückkam.
›Es ist ihm etwas zugestoßen. Bis zum Zigarettenautomaten sind es fünf Minuten. Er ist eine Stunde weg. Oder täuschte es, wenn man alleine sitzt und wartet? Vielleicht ist ihm ein Kollege begegnet.‹
Sie wollte nicht die kleinliche Ehefrau spielen, die ihrem Mann in die Gaststätte an der Ecke nachrennt und ihn vom Skat oder vom halben Liter Bier wegholt.
›Es ist das erste Mal.‹
Wie ein Brett legte es sich über ihren Kehlkopf.
›Wird es von nun an öfter geschehen? Werde ich bei den Tassen, den Abwaschbürsten und den Kleiderbügeln mein Leben verbringen? Wenn ich nur ein Kind von ihm hätte.‹
Sie öffnete das Fenster. Sie beugte sich hinaus, um ihn schon von weitem kommen zu sehen.
›Wenn ich nur ein Kind hätte, mit dem ich mich beschäftigen könnte, wenn ich zwischen all den Gegenständen sitze und auf ihn warte.‹
Sie stieß sich von der Fensterbank ab und ging auf den Flur – sehen, ob er nicht schon an der Garderobe stand und sich auszog.

›Nein. Er hat keinen Mantel mit. Es ist das deutlichste Zeichen, daß er jeden Augenblick zurückkommt. Wenn ich wenigstens ein Kind von ihm hätte, bevor er mich verläßt.‹
»Du bist verrückt«, sagte sie zu sich selbst.
›Es geht natürlich in spätestens einer halben Stunde alles weiter wie bisher. – Wenn er aus Angst vor der Prüfung einen Selbstmord begangen hat?! – Er ist keiner von denen, die sich umbringen.‹
Sie wollte wieder auf die Straße hinuntersehen, aber sie begann, das schwarze Viereck des Fensters zu fürchten.
›Wer wird denn gleich das Schlimmste denken.‹
Ihre Augen wichen nicht von dem Stück Nacht zwischen den tapetenverkleideten Wänden und den kolorierten Stadtansichten. Sie dachte, daß er überfallen worden sei.
›Er liegt mit blutendem Körper vor dem menschenleeren Schaufenster einer Wäscherei. Die einäugigen Waschmaschinen starren ihn an, während er verblutet. – Man darf so etwas nicht denken. Es bringt Unglück.‹
»Ich weiß doch nichts von ihm. Hätte er doch reden sollen!« schrie sie. Sie vermutete einen Unfall durch einen Wagen.
›Er ist nur leicht angefahren worden. Er ist zum Verbinden ins Krankenhaus.‹
Sie wollte das schwarze Viereck nicht mehr sehen. Sie preßte die Lider an ihre Augenbälle. Ein milchiges Viereck glomm zwischen Netzhaut und Augendeckel auf. Perllinien durchzuckten es, matte Strähnen, Flimmer.
»Wo ist mein Mann? Wo ist Dietrich?«
Sie wollte nicht zur Polizei gehen. Sein Verschwinden betraf nur sie und ihn. Sie beschloß, ihn suchen zu gehen. Sie hinterließ einen Zettel: Ich bin im Freihafen und suche dich. Warte, bis ich wiederkomme, oder schreib auch du mir auf, wohin du gehst.
Sie nahm den Bus nicht. Sie hätte nicht die richtige Haltestelle um auszusteigen gewußt. Sie fragte eilige Passanten nach

dem Weg. Oft glaubte sie, daß er hinter ihr schritt. Sie drehte sich um: Niemand ging hinter ihr – oder Fremde. Als sie vor der Brücke stand mit der Aufschrift Zoll, dachte sie: ›Ich kehre um. Ich will nicht hinterrücks in sein Reich eindringen. Ich bin noch zu kurze Zeit von zu Hause weg. Es ist noch nicht ganz sicher, daß ich ihn jetzt schon antreffen werde.‹

Sie ging über die Brücke, deren Verstrebungen als Schatten im laternenbeleuchteten Wasser schlingerten. Sie trat in eine Wachtstube mit einer großen Waage und fragte:

»Darf ich einmal durch diesen Freihafen gehen?«

»Wenn Sie nichts Besseres zu tun haben«, sagte der eine Zöllner.

»Was wollen Sie noch so spät im Freihafen?« sagte der andere.

»Ich komme zufällig hier vorbei. Ich möchte es mir einmal ansehen.«

»Seien Sie sich im klaren: Alles, was Sie beim Verlassen des Freihafengebietes an zollpflichtigen Waren mit sich führen, muß verzollt werden.«

»Ja.«

Sie bemühte sich, die Straßenschilder zu entziffern.

›Daß es Straßennamen hier gibt, wie draußen in der Stadt. Das Wort Holland stand auf dem schwarzblauen Emailleschild.

›Vielleicht ist Dietrich nach Holland gegangen? Ich werde ihn sicher hier finden. Er hat etwas vergessen, oder ist einem Vorgesetzten begegnet, der ihn noch zu einer Zollfahndung mit hierhergenommen hat.‹

Sie ging an schwarzen, hohen Häusern vorbei, die ihr als Wohnhäuser erschienen, aber niemand schritt über die säuberlichen Trottoirs auf die Eingänge zu. Sie trat nah an die Fronten heran und sah zu den grünspanbesetzten Türmchen hinauf. Sie versuchte, in die Fenster zu spähen. Sie entdeckte, daß die Fenster blind waren, mit dicker blauer Farbe beschmiert.

›Wie Blindenbrillen blau‹, dachte sie.
Em Ende der Straße flackerte Feuer zwischen Gerüsten.
›Es brennt. Deshalb ist er hierhergelaufen.‹
Als sie sich den eben noch glutschimmernden Stahlkonstruktionen genähert hatte, waren die Flammen erloschen. Sie lief an steifen, stillen Kränen vorüber. Sie kam an einer Lokomotive vorbei, sie verirrte sich zwischen signallosen Gleisen, sie suchte den Weg zurück. Sie sah wieder zu den Fenstern hoch, ob nun nicht vielleicht ein Bewohner einen Flügel, um zu lüften oder in die Nacht zu lauschen, geöffnet hatte. Sie glitt aus. Sie tastete nach Halt auf dem Pflaster. Kleine Körner, die unter den Fenstern ausgesät lagen, preßten sich in ihre Handballen. Sie häufte einige davon zusammen, nahm sie auf und trug sie zur nächsten Laterne.
›Es ist Kaffee. Ungebrannter Kaffee. Die ganze Straße ist übersät mit Kaffeebohnen. Kaffeebohnen sind hinter allen Fenstern. Dietrich, du mußt jetzt zu Hause sein.‹

Ihr eigener Zettel flog beim Öffnen der Tür kreisend vom Tisch. Dietrich war nirgends in der Wohnung. Sie legte sich angezogen auf die Couch. Sie streifte mit einem Finger die Falten des Bettuchs entlang, langsamer, dann verharrte der Finger halbausgestreckt.

Er kam nicht. Die Vorgestzten hatten ihn nicht außerhalb der Dienstzeit benötigt. Bei Bekannten wußte man nichts über seinen Verbleib. Auf der Polizei lagen keine Meldungen vor. Eine Fahndung setzte ein. Im Frühling, bei einer neuerlichen Fahndung, die sich über das ganze Land erstreckte, wurde sein Körper im Norden, unweit der dänischen Grenze gefunden. Er hatte sich in einen brombeerverrankten, grasbestandenen Flakunterschlupf gesetzt und mehrere Röhren voller Schlaftabletten in sich hineingeleert.

Lef

Axel dachte: ›Er sieht aus wie James Dean in dem dunklen Planetarium: Geht die Welt am Morgen unter?‹ als Lef an ihm vorüberging.
Die Jungen kamen aus allen Häusern, über die Brücke, an den Werkstätten vorüber, hinter dem Kuhstall hervor.
›James Dean im Schnee.‹
Die Farben der Pullover und der Mützen leuchteten vor den weißen Flächen. Ein Junge zerrte seine Arme in die Höhe, daß die Gelenke krachten. Einer streckte die Zunge heraus, biß sich in die Hand, jubelte laut.
›Ich bin ein Hilfswärter in einem fremden Land‹, dachte Axel. Er sah Lef nach. Lef trug eine helle Kakihose, eine schwarze Kunstlederjacke mit auswattierten Schultern, eine in die Stirn gerückte Wollmütze, zarte, spitze, schwarze Schuhe.
›Er ist angezogen wie die Jungen draußen. Hier im Heim tragen die meisten gespendetes Zeug.‹
Es läutete zum zweitenmal. Lef wurde von einem Jungen mit riesigen Händen begleitet, der vor ihm die Tür zum Haupthaus und die Tür zum Essenssaal öffnete und der die Türen wieder schloß, als Lef, die Pfosten mit den Schultern streifend, hindurchgegangen war.
Die Jungen suchten sich an den langen Tischen ihre Plätze. Der Direktor sah auf Lef und sagte: »Mein Prinz.«
Lef blies die Luft durch die Lippen und setzte sich neben den Direktor.
›Er meint es nicht so. Aber er spricht es aus, immerhin: Mein Prinz‹, dachte Axel.
Die Jungen aßen keuchend und schnalzend. Lef redete laut beim Kauen.
›Er sitzt rechts neben dem Direktor. Der Direktor sagt nicht: Halt den Mund, Lef!‹

Der Junge mit den riesigen Händen kicherte, sobald Lef eine Pause machte.
›Ich verstehe nicht, was er sagt. Schüttelreime vielleicht. Ich muß Schwedisch lernen. Ich verstehe überhaupt nichts. Die Tierlaute der anderen Jungen, das Lachen und Patschen, die dicken hin- und hergezogenen Worte von Lef – Kaugummiworte. Ich werde länger hierbleiben. Ich werde Schwedisch lernen. Ich werde mich mit jeder Krankengeschichte einzeln befassen und zum Schluß alles verstehen.‹

Nach dem Essen liefen die Jungen zum Direktor:
»Herr Direktor!« – »Zehn Öre!« – »Zehn Öre!« – »Eine Krone!« – »Zigaretten!«
»Fünf Zigaretten!« rief Lef.
»Hast du schon wieder keine Zigaretten mehr?« fragte der Direktor. »Nein, bitte, bitte, fünf Zigaretten!«
»Drei Zigaretten!« sagte der Direktor und schüttelte sie aus einer angebrochenen Packung in Lefs Hand.
»Ich auch!« – »Ich auch!« riefen die anderen.
›Ich sollte anfangen, mich in einen ganz hineinzuknien‹, dachte Axel. Er beobachtete Lefs Gesicht:
›Magerer James Dean. Dreieckiger Katzenkopf. Sehr dünne Haare. In Wellen gelegt. Bei einem Tier würde man sagen: Überfeinert.‹

Der Direktor führte Axel ins Empfangszimmer, wo die Wände lichtrosa gestrichen waren und Birkenholzmöbel standen.
»Der Junge mit den fünf Zigaretten spricht ein sehr lustiges Schwedisch«, sagte Axel.
»Es ist Lef. Er spricht Dialekt. Er kommt aus Norrland.«
»Ich muß Schwedisch lernen. Ich verstehe hier niemanden. Vielleicht könnte Lef mit mir etwas Schwedisch zur Übung lesen?«

»Lef ist ein schwieriger Junge. Er litt früher häufig an Absencen. Ich nenne ihn den Prinzen. Ich glaube nicht, daß er sich zu dergleichen bereit finden wird. Er würde es nicht lange aushalten – auf keinen Fall. Außerdem soll er dies Heim demnächst verlassen.
Sie hätten sprachlich wenig Nutzen davon. Er kann kaum Deutsch.«
Axel verließ den Direktor. Er dachte: ›Die Tochter des Wiener Nervendoktors soll ermittelt haben, daß ein Heimkind sich demjenigen zuwendet, der es unter den anderen auswählt.‹

Axel ging zwischen den Häusern umher. Er hatte als Neuankömmling noch keine genaue Bestimmung. Er sah einigen Jungen zu, die mit den Mädchen aus der Küche auf Skiern Abhänge hinunterglitten. Er ging über die Brücke des Baches, der vereist war. Er sah sich das überschneite Hühnerhaus an und hörte die Hühner einzelne Töne ausstoßen. Er umkreiste das weißgestrichene Gebäude, in dem der Direktor wohnte und Lef, der ihm zur Pflege unterstand.
›Es sieht alles ganz zufällig aus. Bretterhäuser, wie in anderen Ländern Wochenendlauben. Darin zähneknirschende, plappernde, unreinliche Jungen und Pfleger, die von morgens bis abends nichts anderes tun als bürsten und einweichen. Die einen sind auf die anderen angewiesen.
Dazu soll ich eine Zeitlang gehören. Ich muß die Sprache lernen. Ich werde mit Lef sprechen.‹
Am nächsten Mittag traf er Lef seitlich vom Haupthaus. Lef rauchte. Der Junge mit den riesigen Händen stand neben ihm.
›Er wartet, um vor Lef die Tür aufmachen zu dürfen.
Ich sollte mich in Jazz auskennen. Ich sollte etwas Ausgefallenes pfeifen. Vielleicht genügte auch Tutti Frutti oder Petite Fleur oder Are you lonesome tonight.‹
Axel pfiff ein paar Takte aus Tutti Frutti, während er auf Lef zuging.

›Ich soll ihnen beibringen, wie man Kühe melkt, und manchmal soll ich einen von denen, die um sich stechen, durch Wiesen und Felder spazierenführen. Lef erwartet nicht, daß ich Tutti Frutti pfeifen kann.‹
Lef schloß die Augen und summte vor sich hin. Er drehte die Hände nach außen und schnippte mit Daumen und Zeigefinger.
Axel sagte: »Ich verstehe kein Schwedisch. Willst du mit mir nach Feierabend ein spannendes Buch lesen, um mir Schwedisch beizubringen?«
Lef verstand es beim erstenmal nicht. Axel mußte seinen Satz langsam wiederholen. Lef sagte: »Ja.« Er öffnete seine Augen.
Axel dachte: ›Er hat graue Augen. Ich weiß gar nichts von denen hier. Ich kann mir nicht einfach denken:
Seine Augen ähneln Samt und Seide, Mandelschalen, Wermutblättern. Ich kenne ihn gar nicht. Ich kann mir nicht einfach ein paar Adjektive zusammendenken: tiefgrau, mißtrauisch – grau und so weiter . . .
Augen wie . . .‹

»Hoffentlich läßt Sie Lef nicht aufsitzen«, sagte der Direktor.

Axel ging durch den leeren Websaal. In den Webstühlen hingen die angefangenen Arbeiten der kranken Jungen. Axel ging von den Schals zu den Bettvorlegern.
›Ich wollte kennenlernen, wie Verrückte sind.‹
Axel sah sich die unordentlichen Stücke Stoff an.
›Jetzt bin ich angelangt in einem Haufen von fünf, sechs Bretterhäusern, mitten in ausgedehnten Feldern unter Schnee, und wohne in einem Zimmer mit Dachschrägung. Vor meiner Tür stehen zwanzig Webstühle zu Heilzwecken.
Ist Lef verrückt? Kann man das beurteilen?
Kann man da eingreifen?‹

Axel las Lefs Akte. Einige Blätter steifes Papier in einem Ordner, Schrift in hellblauer Tinte: ›Die Mutter geschieden. Wilde Ehe. Ein Bruder ist Musiker. Masern, Keuchhusten. Bewußtseinsstörungen. Stiefvater säuft. Ein Vorstadtkinderbild. Auf der Akte könnte auch ein anderer Name in hellblauer Tinte stehen. –‹

Schwere Motorräder fuhren die Wege der Anstalt entlang. Sie entfernten sich auf der Chaussee. Ein einzelnes kehrte zurück. Unten im Hof wurde der Motor abgedrosselt.
Axel hörte, wie Lef die Websaaltür aufriß. Er hörte ihn, mit den Absätzen schlagend, an den Webstühlen vorübergehen.
Lef klopfte mit der Faust gegen den Türrahmen.
›Ich muß sein überfeinertes, gewelltes, nach Pomade duftendes Haar zusammenbringen können mit seinen harten Absätzen, sonst ist meine ganze Reise nach Schweden umsonst.‹ Lef nahm einige Bücher Axels aus dem Schrank: das Handbuch des gesamten Gemüsebaus, das Wörterbuch der französischen Sprache, die schwedische Grammatik, den Kunstkalender mit den Farbreproduktionen.
Er nahm den kleinen Mörser aus Speckstein heraus. Er hielt ihn ans Gesicht und machte Bewegungen, als ob er ihn in die Tasche stecken wollte.
›Soll er den Mörser mitnehmen! Ich kauf mir einen neuen. Wenn ich ihm den Mörser schenke, bekommt er vielleicht Zutrauen zu mir.‹
»Nimm ihn doch mit«, sagte Axel.
Lef schüttelte schnell und steif den Kopf hin und her und stellte den Mörser in den Schrank zurück. Er kippte seine Wollmütze vom Kopf, langte in die Hosentasche, holte Lakritzen und Brausebonbons heraus und warf sie auf den Tisch.
»Das ist nett!« sagte Axel.
»Das ist Mist!« sagte Lef.
»Setz dich doch«, sagte Axel.

›Ich habe ihm ein spannendes Buch versprochen. Die Jungen lesen jetzt alle das Todeszellenbuch von Chessman‹, dachte Axel und hielt ihm Nils Holgerson hin. Lef nickte. Axel schlug das Buch auf und legte seinen Finger unter die erste Zeile des ersten Kapitels. Lef legte seinen Finger daneben.
»Lies du. Ich soll es lernen«, sagte Axel.
Lef öffnete das Fenster, holte sein Kaugummi zwischen den Zähnen hervor und warf es auf den Hof. Dann begann er, die ersten Silben des Buches auszusprechen.
›Jetzt wird seine Sprechweise dünn. Jetzt ist es aus mit dem James Dean in klein und seinen Kautschukworten. Jetzt ist er ein magerer Schuljunge mit schwitzigen, kurzen Händen und dreckigen Fingernägeln.‹
Während Lef die Seite herunterlas, dachte Axel an den schiefen Turm, den er sich vorgestellt hatte, als die Mutter ihm vorlas in dem Kinderschlafzimmer mit den langen Stores.
›Nils kommt an einem schiefen Turm vorbei. Damals konnte ich mir keinen schiefen Turm vorstellen. Schiefe Türme müßten abbrechen, dachte ich. Ich konnte mir keinen Turm vorstellen, der abbricht.‹
»Jetzt laß mich mal lesen!« sagte Axel.
Axels Finger ging unter der ersten Zeile entlang, wo Lefs Finger eine Spur gelassen hatte. Axel nahm noch einmal die ersten Worte des Buches in den Mund, Lef lachte und las wieder. Schneller. Er spuckte auf das Papier, während er die Worte mit dem Finger antippte. Er wurde blasser im Gesicht und zog die linke Hand auf dem Knie zu einer Faust zusammen. »Nun sollst du wieder lesen!« sagte Lef.
›Die Eltern gingen zur Kirche. Ein Zwerg greift ein. Mutter las es leise und milde und langsam und ohne schreckhafte Betonungen vor, so wie viele Mütter, um das Einschlafen ihres Prinzen zu schonen.‹
»Es ist genug. Ich behalte sonst die Aussprache nicht«, sagte Axel.

»Du liest schon sehr gut«, sagte Lef. Er nahm seine Mütze, warf noch Lakritzen und Brausebonbons über das Buch und ging mit den Absätzen schlagend aus der Tür, durch den Websaal. Unten im Hof blubberte das Motorrad auf.

»Ob sein Eifer wohl anhält?« sagte der Direktor und gab Axel Anweisungen, wie die Mistbeete angelegt werden müßten.
Am nächsten Morgen ging Lef auf dem Weg, der am Heim entlangführte, davon. Der Schneepflug hatte den Schnee über den Gräben zu hohen Wällen zusammengedrückt. Lef schlug mit den Absätzen wie am Abend im Websaal.
›Am Ende des Weges wird er nur noch so klein sein wie eine Wildgans.‹
»Wohin geht er?« fragte Axel.
»Zum Schmied«, antwortete der Direktor.

Lef warf jeden Abend neue Lakritzen und Brausebonbons über den Tisch. Die Wildgänse flogen im Zickzack. Lef erklärte genau, was man gegen die grauen Ratten unternehmen müßte, damit sie die schwarzen Ratten nicht aus dem Schloß vertrieben.
Die Worte, die Axel aus dem Buch holte, wurden den Worten Lefs ähnlicher.

Lef brachte Freunde mit. Sie setzen sich auf den Fußboden. Lef las sehr schnell. Die Freunde kicherten. Axel holte sie zum Lesen heran. Sie stießen vorsichtig und langsam ihre Finger über die Seiten. Lef brach eilig wieder mit ihnen auf.

Der Schnee schmolz spät. Eisschollen klopften an die Balken der Brücke. Ein Junge kletterte auf eine Birke. Er sah in die weißen Blasen des Wassers, das kreiste.

Ein Strauch im Anstaltsgarten fing an zu duften. Axel entdeckte Lef hinter einem Busch.
»Was machst du?« fragte Axel.
›Begreif ich mehr als vor einem Vierteljahr? – Sie haben sich schnell eingelebt! hat der Direktor gesagt. – Man geht in seiner Arbeit auf! So wird das genannt. Was sonst?‹
»Sei nicht so laut. Die Igel«, sagte Lef.
›Wie machen es denn die Igel?‹ dachte Axel. ›Sehr vorsichtig.‹
Die Igel liefen hin und her. Sie schmatzten viel. Lef saß, ohne mit den Fingern zu schnippen. Es wurde dunkler.
Axel konnte die Igel nicht mehr erkennen. Er hörte nur noch das Geräusch, wenn sie beim Laufen an die Gemüseblätter stießen.
›Ich sollte hinaufgehen.‹
Lef saß noch immer da.
›Vielleicht sieht er bei seiner Augenfarbe besser.‹

Lef fuhr mit dem Motorrad vor. Er saß auf dem großen Benzintank.
›Wie ein Äffchen an dem dicken, kahlen Bauch seiner Mutter.‹
»Wohin?« fragte Lef.
»Zur Leihbibliothek«, sagte Axel.
»Ich fahr dich!«
Lef kuppelte bis in den höchsten Gang.
›Er darf keine schwere Maschine fahren. Wenn wir stürzen? Ein dünner Todesengel, voller Komplexe!‹
In der Bibliothek wurden Axel drei gleichfarbige Bände über Psychologie ausgehändigt.
›So etwas wird nicht jeden Tag hier rausgeholt. Letzten Endes kann man doch nichts wissen. Aber immerhin sollte man versuchen, so viel zu erfahren wie möglich.‹
Lef fragte den Bibliothekar: »Kann ich mir auch Bücher leihen?«
»Ja. Wenn du einen Bürgen hast.«

»Was ist ein Bürge?«
»Ich unterschreibe für ihn«, sagte Axel.
Lef legte ein Buch auf den Tisch und ließ es eintragen.
Draußen zeigte er es Axel. ›Kvinnor! Kvinnor!‹ stand in flammenden Buchstaben auf dem Schutzumschlag.
»Weißt du, was das heißt?« fragte Lef.
»Ja«, sagte Axel, »Frauen! Frauen!«

»Lef wird uns nun verlassen. Er wird in die Welt hinaustreten. In unserem Heim hat er die Kräfte dazu erlangt«, sagte der Direktor.
›Er freut sich, mir das zu sagen‹, dachte Axel, ›er ärgerte sich, daß Lef abends lesen kam.
Irrt er sich jetzt nicht, wenn er Lef hinausgibt? Ein armer Direktor, der sich über einen heilpädagogischen Erfolg irrt? Ich weiß es nicht besser.
Ich will nicht, daß Lef in die Schmiede übersiedelt.
Ich weiß auch nichts weiter. Ich kenne die Schmiede nicht einmal.‹

»Morgen kann ich nicht kommen. Morgen malen wir unser Zimmer aus«, sagte Lef. »Ganz modern: eine Wand rot, eine Wand grün. Auch schräge! Wie Picasso!«
»Wo malst du dein Zimmer aus?« fragte Axel.
»In der Schmiede. Ich bekomm' mit einem andern ein kleines Haus. Also morgen kann ich nicht kommen, weil wir malen.«

Als Lef wiederkam, hatte Axel ein Monatsblatt seines Kunstkalenders umgewendet.
»Ein neues Bild!« sagte Lef. »Schön! Picasso?«
»Nein. Breughel.«
»Genau wie Picasso! Farben! Schön!«
Lef warf Bonbons auf den Tisch.
»Danke!« sagte Axel.

»Mist!« sagte Lef.
Lef drückte den Finger unter die Zeilen des Buches, und der Fuchs Smirre begann noch einmal, sich im Kreise zu drehen. Er schnappte nach den ihn streifenden Flügeln der Wildgänse.

Axel ging mit Lennart, der oft lächelte und der manchmal Beile und Mistforken durch die Luft warf, an der Schmiede vorbei.
»Wir brauchen jetzt Lef«, sagte Axel.
»Ja«, sagte Lennart und lächelte.
Sie stiegen über rostige Rohre und durch tote, ausgenommene Autos. Die Schmiede befand sich in einem langen Bauwerk aus unverkleideten Ziegeln mit zwei schwarzen Eingängen. Funken spritzten aus den Eingängen hervor. Lef hielt einen Hammer und eine Zange in den Händen.
›Hier sieht er viel kleiner aus, der Prinz mit der schweren Zange‹, dachte Axel.
Lennart stelzte auf Lef zu und lächelte ihn an. Lef sah hoch. Sein Gesicht war naß und dunkel von braunem Schmutz. In den Haaren, die unter seiner Mütze herausstanden, hingen Rußflocken.
›Er braucht oft eine Stunde lang, um sie einzupomadisieren und um sie in Wellen zu legen, behauptet der Direktor.‹
Lef sah an Lennart vorbei.
›Er will nicht zeigen, daß er Jungen aus dem Heim kennt.‹
»Du mußt abends kommen und allein«, sagte Lef zu Axel.
Der Schmied ging vorüber. Lef riß an dem Hammer. Lennart stelzte hin und her. Axel nickte zum Abschied.

Die Abschnitte in der Geschichte wurden länger. Lef brachte oft Freunde mit. Er hetzte seinen Finger unter den Zeilen entlang und hetzte Nils in den Norden hoch.

»Lef kommt seltener, scheint es«, sagte der Direktor. »Ich habe es vorhergesehen. Lef ist übrigens fertig mit dem Ausmalen. Waren Sie schon in seinem neuen Zimmer?«
»Noch nicht.«

Lef sagte: »Du mußt es dir ansehen. Wie Picasso, sag ich dir. Dann hören wir Tutti Frutti!«

Es war nicht mehr Tag, und es wurde noch nicht Nacht, als Axel mit dem kleinen Mörser aus Speckstein vor dem Häuschen stand.
›Ein dummes Geschenk. Unnötig oder viel zuviel. Das Lesen wird ganz aufhören. Ob er sich freut? Ich weiß es nicht.‹
Lef öffnete. Ihm klebte Seife im Gesicht.
›Er wäscht sich, ohne seine Jacke abzulegen.‹
»Ich habe dir etwas mitgebracht«, sagte Axel.
Lef blies durch die Lippen: »Das will ich nicht.«
›Er freut sich darüber. Er drückt seine Freude umgekehrt aus.‹
Während Lef den Mörser in der Hand drehte, sah Axel durch den Raum: eine Wand war rot, die Decke schwarz, die andre Wand war grün, die dritte rot, die vierte, mit den Fenstern, blau. Rechts und links stand ein Bett. Auf einem Bett schlief ein Junge. Vor jedem Bett ein Bettvorleger. Zwischen den Betten stand eine Kommode. Auf der Kommode rechts und links ein Stoffhund. In der Mitte lag ein gehäkeltes Deckchen. Auf dem Deckchen stand eine Fruchtschale aus Preßglas und Blech.
»Es ist modern«, sagte Lef. Er rückte die Fruchtschale etwas nach links und stellte den kleinen Mörser daneben. Er nahm den Mörser weg, rückte die Fruchtschale in die Mitte und stellte den Mörser aus Speckstein auf die Fruchtschale aus Preßglas.
Lef nahm eine Schallplatte vom Fußboden und klickte den Plattenspieler ein.

»Tutti Frutti!«

Der andre Junge richtete sich im Bett auf und drehte sich auf den Bauch. Lef schloß die Augen, bog die Hände nach außen, schnippte mit dem Daumen und Zeigefinger. Er schwankte mit den Knien hin und her und sang:

»Tutti Frutti! Tutti Frutti!«

Es klopfte. Zwei Mädchen, kaugummikauend, in engen Kakihosen und in schwarzen Kunstlederjacken, schoben sich durch die Tür. Der andre Junge stand vom Bett auf.

»Ihr könnt wieder gehen«, sagte Lef zu den Mädchen. »Ich habe Besuch! Herr Axel ist hier. Weibervolk!«

»Laß sie bleiben. Ich muß wieder fort«, sagte Axel.

›Ich will den vieren den Abend nicht verderben. Was zu sehen war, habe ich gesehen.‹ Axel gab allen die Hand.

›Wie heiß sich ihre Hände anfühlen. Kvinnor! Kvinnor!‹ dachte Axel und ging.

›Ich verstehe gar nichts. Es ist immer noch hell. Picasso, Spitzendeckchen, Kaugummi, Tutti Frutti, heiße Hände. Es ist sicher alles typisch. Was heißt das? Was nützt das schon. Ich könnte alle Bücher des Wiener Nervendoktors lesen und könnte alle Rechnungen und Kurven lernen, die man in Kopenhagen und in Madrid und in Rio lehrt.

Nichts Näheres

Es wird überhaupt nicht mehr dunkel. Wo man geht und steht, singen Nachtigallen.‹

Axel hörte Lefs Absätze im Websaal.

»Ich bin froh, daß ich nicht mehr im Heim wohne. Wenn ich die hier nur sehe. Sie wackeln mit den Füßen und kotzen auf den Tisch. Alles Bettnässer!« sagte Lef.

Axel und Lef lasen abwechselnd. Ein Mädchen wanderte wochenlang durch Steppen über baumlose Felskuppen und Tundren.

Sie suchte ihren Vater.

»Wir müssen einmal zusammen wegreisen!« sagte Lef.
›Wenn man Zelte zusammenknüpft, blättert man sich aus‹, dachte Axel.

»Lef will mit mir verreisen!« sagte Axel.
»Kommt er denn immer noch zum Lesen?« fragte der Direktor. »Ganz von der Schmiede her?«
»Ja.«
›Er ist enttäuscht, daß seine Prophezeiungen noch nicht eingetroffen sind. Der Herr Direktor hat versucht, Lef zu verstehen. Er hat ihn gesund gemacht. Lef ist in eine Schmiede gekommen, und der Herr Direktor und ich müssen froh darüber sein.‹

»Die Jungen wollen nach dem Abendbrot noch einmal baden. Gehen Sie mit ihnen, Herr Axel«, sagte der Direktor.
»Ich erwarte Lef«, sagte Axel.
»Das Lesen kann einmal ausfallen.«
›Ich sollte ihm sagen, daß Lef jetzt seltener kommt.‹
Einige Jungen sprangen schon auf die Räder. Zwei, die nur zu Fuß gehen durften, stritten sich um Axels rechte Hand.
An seiner linken Hand hingen zwei andre.
Lef kam ihnen auf dem Motorrad entgegen.
»Willst du mit zum Baden?« sagte Axel.
Lef wendete das Motorrad. Axel wurde an dem Melkstand des Gutes vorübergezogen. Er mußte auf die Nachzügler achten.
Einer verlor sein Handtuch.
Sie stiegen neben der weißgestrichenen Kirche hinauf und hüpften zeichenberitzte Felsen hinunter.
Einer sprang gleich ins Wasser. Einige standen halb nackt und hielten sich die Schultern. Zwei versteckten sich im Gestrüpp und wollten nicht mehr baden.
Lef glitt den Felshang hinunter. Eine komplizierte Badehose mit Laschen, Bändern und Ösen hing aus seiner Hand.

»Ich dachte, du wärst zu eurem Häuschen zurückgefahren«, sagte Axel.
»Jeden Abend mit den anderen herumhocken ist nichts. Im Dorf sind sie albern.«
Lef zog sich um. Axel beobachtete ihn:
›Seine Füße sind nicht sauber. Er hat X-Beine. Rachitis vielleicht. Rachitische Schenkel.
Es ist medizinisch falsch.
Die komplizierte Badehose. Genormt.
Oben ist er aufgeblasen worden. Die Arbeit mit den großen Hämmern und den großen Zangen. Muskelgeschwüre! Arme wie ein Pferd. Sein kleiner, dreieckiger Pomadenkopf.
Vielleicht sind seine Augen so grau, weil er so viele Armmuskeln und so dünne Beine hat.‹
Das Wasser war sehr kalt. Einige tauchten ein paarmal, dann gingen alle ins Heim zurück. Lef fuhr mit dem Motorrad voran.

»Die wissen gar nicht, wie gut sie es hier im Heim haben«, sagte Lef. »Wenn man drinnen ist, will man hinaus. Aber wenn man draußen ist, sieht man soviel Schlechtigkeit. Draußen darf man rauchen, Schnaps trinken und schwere Motorräder fahren und Mädchen mit aufs Zimmer nehmen, aber drinnen im Heim machen sie dir Kräutertee, wenn du Bauchweh hast, und du darfst hübsche kleine Kupferteller klopfen. Draußen gibt es nur Schlechtigkeit.
Laß uns doch bald zusammen wegreisen. Wir könnten zelten. Ich will so lange schon zu meiner Mama. Ich habe meine liebe, süße, hübsche Mama in Norrland.«
Die Geschichte nahm ab. In Lappland gab es Schneehühner und Kruppgewächse.
»Was der Direktor immer von meinen Absencen erzählt!
Alles Unsinn. Meine liebe, süße, hübsche Mama ist oben in Norrland. Ich habe nur so getan, als ob ich Absencen hätte,

damit sich einer zu mir ans Bett setzt und mir Kräutertee einlöffelt.«

Lef ging mit Axel zum Direktor.
»Ich will mit Herrn Axel zum Zelten wegreisen«, sagte Lef.
Der Direktor sagte: »Jawohl, mein Prinz. Aber du mußt dir vorher noch ein bißchen das Rauchen abgewöhnen.
Herr Axel weiß das vielleicht gar nicht. Lef kommt nämlich jeden Tag zu mir und holt sich fünf Zigaretten ab.
Herr Axel kann es in Zukunft übernehmen, dir die Zigaretten zuzuteilen.«
Axel wollte gleich antworten. Er schwieg. Er dachte:
›Daran wird alles kaputtgehen.
Ich bin ein Hilfswärter in einem fremden Land.
Der Direktor hat uns beide voreinander bloßgestellt.
Lef wird nicht mehr kommen, um mit mir auf dem Gänserücken nach Norrland wegzureisen, um seiner süßen Mama näher zu sein. Das will der Direktor. Er weiß mehr von Lef als ich.
Hätte ich anders handeln sollen?
Lef wird zu mir kommen, wie zu einem Zigarettenautomaten.
Der Direktor hat es satt, ein Zigarettenautomat für Lef zu sein.
Lef würde nie mit dem Direktor Abend für Abend gelesen haben.
Ich werde ein Zigarettenautomat für Lef sein.
Ich werde nichts mehr von ihm erfahren.
Der Direktor will allein alles über Lef wissen.
Lef wird nicht mehr zum Lesen kommen.
Lef wird in der Schmiede versagen.
Ich darf den Direktor nicht vor Lef bloßstellen, indem ich mich weigere. Ich bin Hilfswärter.‹
Der Direktor hielt Axel eine angebrochene, für Lef bestimmte Zigarettenpackung hin. Axel nahm sie an.

Die Wildgänse kreisten nicht mehr. Sie standen unbeweglich, wie mit Reißzwecken in den Himmel geheftet. Lef kam jeden Abend, um schnell seine Zigarettenration abzuholen.

Lef brachte zwei Kartons mit ins Heim zurück. Axel gab dem Direktor eine angebrochene Packung Zigaretten.
Lef stand oft hinter Büschen und verbarg Rauch in seinem Mund. Manchmal fiel sein Kopf beim Gehen hin und her. Das Motorrad wurde eingeschlossen.

Axel telefonierte mit dem Schmied.
»Er hat nichts andres im Sinn als Mädchen und Bier und Zigaretten und Motorräder. Er verschlief morgens. Er arbeitete auch nicht schnell genug.«
»Lef ist ein schwacher Junge«, sagte Axel. »Sein Vater starb früh. Sein Stiefvater trank. Er war Polizist.
Er schlug Lef und seine Mutter. Lef hatte Absencen – wie es unser Direktor nennt. Er fiel um. Er kam früh von seiner Mutter weg in Heime.«
Er dachte: ›Sind das Gründe? Trifft das auf Lef besonders zu? Kann das den Schmied überzeugen? Ich weiß nichts von Lef.‹
»Aber für die Arbeit in der Schmiede taugt er eben doch nicht«, sagte der Schmied.
»Wenn Sie es nun noch einmal mit ihm versuchen würden? Sie sollten Geduld mit ihm haben. Sie sollten soviel Freundlichkeit ihm gegenüber aufbringen wie nur möglich.«
»Er verschläft doch morgens. Er arbeitet auch nicht schnell genug.«
»Versuchen Sie es noch einmal mit ihm.«
»Ich habe es versucht. Für die Arbeit in der Schmiede taugt er eben nicht.«
»Meinen Sie? Können Sie es sich nicht noch einmal überlegen?«

»Nein.«
»Sollte ich Sie nicht einmal mit ihm besuchen?«
»Nein. Das nützt auch nichts mehr. Ich habe keine Zeit. Ich habe viel Arbeit.«
›Früher wollte ich nicht, daß Lef in die Schmiede zieht.
Jetzt gelingt es mir nicht, ihn dahin zurückzubringen.
Das Buch liegt ganz unten im Schrank. Wir schlagen es nicht mehr zusammen auf‹, dachte Axel und legte den schwarzen Griff auf die schwarzen Gabeln.

Der Direktor arrangierte ein Fest für die weniger kranken Jungen. Die Mädchen aus der Küche kamen in glänzenden Kleidern. Ein Plattenspieler wurde im Essenssaal angeschlossen, die Tische zur Seite getragen und vor die Lampen buntes Kreppapier gespannt. Die Jungen setzten sich auf eine lange Bank und murmelten und prusteten vor sich hin. Zwei Wärter stellten sich in die Mitte des Saals und sprachen aufmunternde Worte. Chrombecher mit Limonade wurden herumgereicht, Volkstanzplatten aufgelegt. Die Wärter und die Küchenmädchen tanzten Polka miteinander. Einige Jungen liefen hinter den Paaren her.
Lars stand auf und rief: »Rock'n'Roll!«
Der Direktor sagte: »Später.«
Lars setzte sich wieder und rief noch einmal: »Rock'n'Roll!« und hielt eine Schallplatte hoch, die ihm seine Eltern als Postkarte geschickt hatten.
Lef kam mit zwei Jungen aus dem Dorf. Als sie hörten, daß nur Volkstänze gespielt wurden, wollten sie wieder gehen. Axel hielt Lef zurück.
»Warum willst du nicht tanzen?« fragte Axel.
Lef blies die Luft durch die Lippen.
»Welches Mädchen gefällt dir am besten?« fragte Axel.
Lef streckte den Finger nach dem Küchenmädchen Irma aus.
»Fordere sie doch auf!«

»Ich kann nur Rock tanzen.«
Lars stand wieder auf: »Rock! Rock!«
Er warf seine Schallplatte auf den Boden und trampelte darauf herum, bis sie zerbrochen war. Der Direktor brachte Lars hinaus.
Die andren schrien: »Rock! Rock!«
Lars kam an der Hand des Direktors mit frischgekämmtem Haar zurück.
»Also gut. Eine Platte«, sagte der Direktor.
Elvis sang Tutti Frutti.
›Er singt es genauso wie Lef‹, dachte Axel.
»Das mußt du mit Irma tanzen«, sagte Axel zu Lef.
Lef schloß die Augen.
»Fordere jetzt Irma auf und tanz!«
Axel holte das Mädchen und legte ihre Hand in Lefs Hand.
»Lef, ich habe dir nie etwas befohlen. Du kannst doch einmal mit Irma tanzen.«
Lef sagte nichts. Seine Haare zitterten, weil er mit dem Kinn den Takt der Musik stieß.
›Er tut es nicht‹, dachte Axel.
»Jetzt gehen wir schnell zu Bett«, sagte der Direktor.

Lef wurde in eine andre Stadt geschickt. ›Ich kann es nicht ändern‹, dachte Axel.
Die Wildgänse fielen von dem Himmel, als wären sie aus Bilderbüchern geschnitten und als zöge man die Reißzwecken aus ihrem Buch, mit denen sie auf Karton festgehalten wurden.

Mittsommer ruderte Axel durch die Schäreninseln. Er kam zu spät auf den Tanzplatz von Hörningsholm. Die letzte Zugabe war vorbei. Axel hörte hinter den Büschen und im Wald die in Schwärmen davonfahrenden Mopeds und Motorräder. Es gab zwei Tanzflächen auf Hörningsholm. Sie waren leer. Die Würstchenbuden und die Schießstände hatten geschlossen.

Morgenwind kam schon auf. An den Buden klapperten Planenstücke. Ein betrunkener Junge ging auf bloßen Füßen über den Platz: Lef.

»Lange nicht gesehen«, sagte er. »Was machen Nils und Akka Kebnekajse? Willst du Bier? Hast du Bier?

Ich zelte im Gebüsch mit zwei Mädchen. Ich habe meine Schuhe verloren.

Willst du mitkommen?«

»Nein, ich kann nicht auf Mörkö bleiben.«

Lef suchte weiter nach seinen Schuhen.

›Das ist alles, was davon nachbleibt und was ich weiß: Ein paar Gesten.

Ich kann sagen, dieser Junge war Lef, weil Lef – und so weiter . .

Ich kann sagen, dieser Junge, Lef, war betrunken und so weiter und so weiter . .

Ein Paar Schuhe . .

Eine Reise auf Gänsen.

Kein Prinz mehr für den Direktor.

Oben im Norden flattert dann alles vom Himmel ab.

Die Lektüre wurde unterbrochen, noch mal wieder aufgenommen; man verliert den Faden. Man bringt die einzelnen Teile der Erzählung nicht mehr zusammen.‹

Im folgenden Winter hörte Axel, daß Lef zur See führe.

›Mit seinen dicken Armen und seinen dünnen Waden und seiner komplizierten Badehose . .

Kormorane und Albatrosse und so weiter . .

James Dean: Geht die Welt am Morgen unter?

Handelsmarine. Tutti Frutti!

Lef in Hongkong. Meine Mama! Meine liebe, hübsche, süße Mama! – Lef weit weg in Häfen. Offene Reeden und Zuckerrohr und so weiter . .‹

Der Vater

Im Festsaal der Anstalt wurde das Gestühl zu einem Halbkreis für die große Konferenz geordnet. Der Tischlereilehrer und der Gärtnermeister nahmen als erste Platz. Der Direktor kam mit einem Stapel großformatiger Hefte. Er sagte: »Meine Frau wird später an der Konferenz teilnehmen. Sie muß noch die Medizin ausgeben und das Abendgebet mit den Jungen sprechen.«

Draußen kicherten die vier Küchenmädchen heran. Sie knicksten vor dem Direktor, kuschelten sich nebeneinander auf die Stühle, senkten den Blick unter Glucksen und Erröten auf den Saum ihrer Röcke. Fräulein Nallén trat mit Lederstiefeln in den Saal. Über ihrem dünnen, braungrauen Haar trug sie zwei Häubchen, zuunterst ein grobes, wollenes, darüber ein zierlicheres aus Samt.

Als auch die Lehrerin für Sprecherziehung, die Weblehrerin, die schwedischen und deutschen Wärter und Hilfswärter und Herr Axel versammelt waren, verlas der Direktor zur Einleitung einen Text von Simone Weill. Danach sagte er: »Ich muß heute auf Stefan zu sprechen kommen. Er befindet sich auf dem Wege zur Besserung.«

Fräulein Nallén unterbrach ihn: »Das Wichtigste ist der neue Junge, den wir an Stelle von Arne – der ja leider in die geschlossene Abteilung der staatlichen Anstalten Uppsala eingewiesen werden mußte – aufnehmen wollen. Gestern wurde mir von der Behörde ein Björn Sandberg vorgeschlagen. Die Fürsorgerin besuchte mich mit ihm. Er gefiel mir; ein niedlicher Junge. Aber man weiß nicht, was sich hinter seinem Lammsgesicht verbirgt. Immerhin ließ er sich von den Webarbeiten – Frau Bake – und von den Tieren im Stall – Herr Axel – sehr beeindrucken.«

Fräulein Nallén schlug eine Akte auf.

Axel erinnerte sich eines italienisch aussehenden Jungen, der mit Fräulein Nallén beim Melken zugesehen hatte und der an ihrem Arm zwischen den Komposthaufen davongehüpft war.

»Sollten wir nicht alle erst einmal auf die glückliche Entwicklung eingehen, die Stefan im Augenblick nimmt?« sagte der Direktor.

»Dies ist das Vordringlichste. Ich bestehe darauf«, sagte Fräulein Nallén und pochte mit geschlossener Hand auf die Akte. »Er heißt Björn Sandberg und zählt dreizehn Jahre. Der Vater lebt von Björns Mutter getrennt. Er ist Mauermann, ein leicht beeinflußbarer Mensch, der gern trinkt und zu Zeiten seiner Ehe viel Damenverkehr pflegte. Björn hängt trotz seines innigen Verhältnisses zum Vater sehr an der Mutter, die als äußerst pedantisch und auf eine krankhafte Weise reinlichkeitsliebend geschildert wird. Es bestehen fortwährende Spannungen zwischen beiden Elternteilen. Der Junge konnte in der Schule nicht folgen. Er mußte schließlich in eine Hilfsschule gewiesen werden. Nach der Trennung der Eltern verwahrloste er mehr und mehr; er ging bis zu dreimal am Tag ins Kino, trieb sich in zweifelhaften Lokalen in der Altstadt herum, begann heftig zu trinken, zu rauchen und sprach auch Drogen zu. Er wurde in ein Erziehungsheim gegeben. Sein jetziges Betragen rechtfertigt keinen weiteren Verbleib in einer Korrektionsanstalt. Sein beschränktes intellektuelles Vermögen läßt die Aufnahme in eine Arbeitsschule angeraten erscheinen, damit praktische Ausbildung und ein gemäßigter Schulunterricht miteinander den Jungen formen können.«

»Also nehmen wir ihn«, sagte der Direktor.

»Wir brauchen unsere Entscheidung nicht zu überstürzen. Vielleicht weiß einer der Mitarbeiter einen anderen Jungen, den wir aufnehmen sollten?«

Die Wärter und Lehrer schwiegen.

»Er ist niedlich«, sagte der Direktor.

»Niedlich, niedlich! Das heißt gar nichts«, sagte Fräulein Nallén.
»Willst du, daß wir ihn lieber nicht aufnehmen, Sophia?«
»Ich möchte, daß wir alle gemeinsam darüber befinden.«
»Gibt es irgendwelche Einwände?«
Die Mitarbeiter schüttelten die Köpfe.
»Für unseren armen Arne nehmen wir also den niedlichen – wie heißt er?«
»Björn Sandberg.«
»Gut«, sagte der Direktor. »Aber nun ist keine Zeit mehr, um von Stefan ausführlich zu berichten. Wir müssen es auf das nächste Mal verschieben.«
Dann regelte er den Speiseplan der Woche mit den Küchenmädchen.
Es wurde kurz über die Kompostierung der Abfälle beratschlagt und über ein Stahlgitter vor Hans Johannsons Fenster und über die Beseitigung der unanständigen Zeichnungen im Treppenhaus, im Essenssaal und auf den Außenwänden.
Axel dachte: ›Ich sehe Björn ganz deutlich zwischen den Komposthaufen davonhüpfen. Wenn er stehenblieb, schlug er die Lider sehr langsam über feuchten, braunen Augen auf, dabei bewegte er den Kopf nach hinten. Beim Sprechen schwankte sein Kopf hin und her. Wenn jemand vorüberging, drehte er sich ruckartig nach ihm um.‹

»Wir müssen zuerst von Björn Sandberg sprechen«, sagte der Direktor zu Beginn der folgenden Konferenz. »Es scheint Schwierigkeiten mit ihm zu geben.«
»Er hält sich erst eine Woche bei uns auf«, sagte Fräulein Nallén und band sich eines ihrer Häubchen fester. »Aber wenn du meinst, vielleicht lassen sich schon einige hilfreiche Erkenntnisse gewinnen. Herr Bake, Sie haben die tägliche Pflege von Björn übernommen. Berichten Sie uns von Ihren Erfahrungen mit ihm.«

»Er ist sehr reinlich«, sagte Herr Bake. »Er pflegt seine Kleidung aufs äußerste. Es wird mir nicht schwer, ihn zu lenken. Er ist folgsam und gefällig. Man muß ihn nur recht zu nehmen wissen.«

»Aber auf den Anstaltswegen richtet er mit seinem Fahrrad Verheerungen an. Wenn sich eine ältere Erzieherin zu den Blumenrabatten begibt oder zum Kräutergärtlein, fährt er wie ein Ungeist die Anhöhe herunter, er streift an den Kleidern vorbei. Fräulein Erikson wagt sich nicht mehr vor die Tür, wenn Björn mit seinem Fahrrad in der Nähe ist.«

»Er muß es vor sich selbst rechtfertigen, mit Schwachsinnigen in einem Heim zu leben«, sagte Fräulein Nallén.

»Auf jeden Fall soll ihm diese Unart schleunigst abgewöhnt werden«, sagte die Frau des Direktors.

Axel sagte: »Beim Essen ist Björns Reinlichkeitsliebe zum Auswachsen! Stefan fängt eben an, etwas vernünftiger zu werden; er goß die Suppe während einiger Mahlzeiten nicht mehr auf die Fensterbank, er legte sich nicht unter den Tisch, er faßte nicht einmal mehr mit den Fingern in den Marmeladetopf. Seit Björn ihm gegenübersitzt, sind alle diese Anfänge von Etikette wieder zum Teufel. Björn sitzt wie ein Argus vor Stefan. Wie eine Gouvernante moniert er jede Kartoffel, die vom Teller rollt. Er nennt Stefan einen Idioten, einen Schimpansen, Trottel, eine Mißgeburt.«

»Armer Stefan, was sollen wir tun?« sagte Fräulein Nallén.

»Björn mißhandelt die Schwerkranken«, sagte der Direktor. »Er stellt Ihnen Fußhaken, begießt sie mit Wasser, schlägt sie, äfft sie nach.«

»Im Websaal kann ich ihn nicht mit den anderen zusammen arbeiten lassen. Allein webt er tadellos, schnell wie eine Maschine.«

»Abends vor dem Schlafengehen«, sagte Herr Bake, »dreht er sich so lange um seine eigene Achse, bis er zu taumeln beginnt und auf sein Bett fällt.«

»Ich überlege, ob er nicht im Stall helfen sollte, um ausgeglichener zu werden«, sagte der Direktor.
»Beim Melken stellt er alles auf den Kopf«, sagte Axel. »Er ekelt sich vor dem Kuhmist, vor der euterwarmen Milch. Wenn ihm ein Strahl Milch über die Hände spritzt, läßt er vor Abscheu den Eimer fallen; er wirft gern Heu herunter, und manchmal füttert er, aber schnell, schnell, daß die Kühe erschrecken. In ein paar Minuten ist alles, was ich ihm auftrage, erledigt, und er saust wieder davon. Übrigens hat er mir gesagt, daß er so gerne abends einmal schwarzen Tee trinken möchte.«
»Am Sonntag kommt sein Vater, um nach ihm zu sehen. Er wird uns einige Aufschlüsse über Björn geben können«, sagte Fräulein Nallén.

Am Sonntag rannte Björn von einem Haus der Anstalt zum anderen. Er rannte von der Küche zum Festsaal, vom Waschhaus zur Weberei, von der Mühle zum Haupthaus, über die eine Brücke, über die andere, zur Sauna. Er grüßte beflissen die älteren Erzieherinnen, welche er alltags mit seinen Kapriolen auf dem Fahrrad erschreckte. Er verharrte zwischen den Misthaufen, wo er sich sonst nie aufhalten wollte. Er rannte zur Einfahrt, sah die Straße hinunter, schloß sich Gruppen kranker Jungen an, die in Sonntagsanzügen und weißen Hemden palavernd hin und her spazierten. Die Kranken sahen sich schräge um, wenn Björn herannahte – aber er stieß sie nicht in die Büsche, riß ihnen nicht die Ohren blutig, verstopfte ihnen nicht die Nasenlöcher und die Augen mit eisverkrustetem Schnee. Björn begann Gespräche über den Zustand der Straßen, über die Verspätung von Zügen, über die Gerichte, die es zu Mittag geben würde. Die kranken Jungen wagten nicht zu antworten.
Björn rannte zum Holzschuppen, wieder über die Brücke, zum Stall und zu den in der Kälte rauchenden Misthaufen.

Stefan hatte sich mitten in den Dung gelegt. Als er Björn vor dem Mist stehen sah, sagte er: »Ich bin ein Trottel, eine Mißgeburt, ein Schimpanse.«
»Ich habe es nicht so gemeint«, sagte Björn, »wie geht es dir, Stefan?«
»Mir geht es schlecht.«
Björn rannte davon, zum Haupthaus, zur Straße, zur Mühle.

Der Vater war ein hoher, breiter Mann; er hatte dunkelbraunen Teint, schwarze Augen, schwarze Haare; er trug eine Kosakenmütze aus grauem Persianerfell und einen grauen Mantel aus dickem Stoff, der sich im Wind bauschte. Beim Mittagessen saßen Björn und sein Vater Axel und Stefan gegenüber.
Stefan spie die Suppe über den Tisch; er tunkte mit dem Gesicht in seinen Teller; er steckte den Finger in die Nase und schüttete den Teller voller Suppe über seinen Sonntagsanzug und sein weißes Hemd.
Björn lachte seinem Vater zu, reichte ihm die Platten mit den Speisen, hielt die Schüsseln, während sich der Vater vom Gemüse und vom Fleisch auf den Teller legte, und schenkte ihm Wasser in den Chrombecher.
Nach der Mahlzeit begleitete Björn seinen Vater zu den Feldern der Arbeitsschule, deren Furchen und Stoppeln sich unter dem Schnee abzeichneten. Er zeigte ihm den Stall, die Misthaufen, die Sauna, den Websaal mit seinen Webarbeiten. Der Vater nickte und legte die Hand auf die Schulter des Jungen. Zum Abschied sagte er: »Mach weiter solche guten Fortschritte. Jetzt im Winter drängt die Arbeit auf den Baustellen nicht. Wenn du ein braver Junge bleibst, besuche ich dich bald einmal wieder.«
»Ich habe durch den Vater in Erfahrung bringen können«, sagte Fräulein Nallén, »daß Björn von Kind auf für Musik empfänglich gewesen ist.«

»Das sind sie alle«, sagte der Direktor. »Sie sind empfänglich für Jazz, Rock, Schlager, Paul Anka und Elvis Presley.«
»Laß mich zu Ende berichten«, sagte Fräulein Nallén. »Björn hat schon des öfteren die Oper besucht. Er kann zwischen Tschaikowsky und Puccini unterscheiden.«
Man beauftragte Axel, Björn nach Stockholm zu begleiten und eine Oper mit ihm zu besuchen.

»Herr Axel, berichten Sie uns von Ihrem musikalischen Ausflug mit dem enfant terrible«, sagte Fräulein Nallén.
»Es war eiskalt in Stockholm. Die Eisenbahnbrücken über den Mälar muteten japanisch an. Die Stahlträger waren bereift, dahinter lag dünner, brauner Qualm. Björn sah starr vor sich hin auf den kaum noch schiffbaren See. Ich versuchte mir vorzustellen, mit welchen Gefühlen und Gedanken und bildlichen Assoziationen und Geruchsanklängen Björn auf die Stadt zuführe. Stockholm lag wie ein Eislabyrinth vor mir; für ihn mußte es zwischen den vielen weißen Kanten einige Wärme, etwas Anheimelndes geben: das Haus der Mutter mit den vielen Staubtüchern, in dem es nach Bohnerwachs roch, die Garçonnière des persisch blickenden Vaters mit den prickelnd obszönen Reproduktionen an den Wänden, Kohlenkeller, Schulwege, die Kaschemmen mit den Drogen unter der Theke, Kinos – für mich war es eine fremdartige Kulisse, für ihn die wichtigste Landschaft seines Lebens.«
Fräulein Nallén nickte Axel zu. Die anderen Mitarbeiter sahen geduldig vor sich hin. Sie richteten sich darauf ein, daß es eine lange Konferenz werden würde, eine anderthalbstündige.
»Ich langweile Sie vielleicht mit diesen Überlegungen«, sagte Axel. »Aber die Düfte, die Mauern, die Geräusche, an denen wir selten einmal kratzen, horchen, riechen, sind das einzige, wodurch wir die Jungen zu fassen kriegen. Ihre Köpfe sind verschlossen wie Glühbirnen; wenn man an die Kohlefäden

heran will, müßte man das Glas zerschlagen. Wir können den Jungen nur helfen, wenn wir die gleichen Dinge empfunden haben wie sie.«

Der Direktor räusperte sich. Axel sagte: »Die kranken Jungen haben viel Geduld mit ihren Pflegern. – Björn teilte mir mit, daß sein Vater ein Nachmittagskonzert besuche, wir sollten ihn dort abholen. Auf Kungsgatan kam es mir vor, als bewegten sich die Leute doppelt so schnell wie ich und Björn, die von auswärts herangereist waren. Wir betraten das Konzerthaus, als die Veranstaltung eben endete. Wir warteten auf einem Absatz der Treppe. Die Besucher drückten sich mit Mänteln über den Armen an uns vorbei. Björns Vater kam als einer der letzten. Er sah sehr schwarz und traurig und exotisch aus. Björn wirkte ganz schmal neben ihm. Er sah mit feuchten Augen zu seinem Vater auf. Ein magerer Mann, der mit wässernden, wasserblauen Augen, die von der Masse der Zuschauer weg in die Höhe blickten, zitterte neben Björns Vater die Stufen hinab. Es sei der Briefträger Sigga Brandes, bemerkte Björns Vater. Brandes drückte Björn an sich, der lächelte. Die drei ähnelten Figuren El Grecos. Es lag an den Augen, an der Feuchtigkeit über Björns und Sigga Brandes' Pupillen. Björns Vater beugte sich mit der grauen Persianermütze zu seinem Jungen hinunter und küßte ihn auf die Wange; dann erklärte er mir, daß ich in Sigga Brandes einen Kunstfreund kennenlernte, der in Stockholm seit fünfzig Jahren jedes Konzert und jede Premiere besucht habe. Brandes schlug vor, zwischen Konzert und Oper etwas essen zu gehen.

Mein Bericht wird Ihnen vielleicht zu ausführlich?«

Fräulein Nallén schüttelte den Kopf. Der Direktor atmete hörbar aus und ein.

»An Björn und seinem Vater war nichts Besonderes zu beobachten. Der Vater sah mit seinen braunen Glutaugen nach unten in den graugestaubten Schnee, während wir ein Restaurant suchten; Björn sah geradeaus auf die Häuser, auf die Körper der Menschen.

Vielleicht fiel in dem Vater das Glück, seinen Sohn auf einen Tag in Stockholm zu haben, langsam zusammen, und er dachte nur: ›So grauer Schnee‹, weil er den Schnee unablässig vor seinen Augen sah, weil er schon so oft im Winter mit Björn durch dieses Viertel gegangen war, nur daß Björn diesmal aus einer Arbeitsschule zu Besuch kam; aber auch das änderte nicht viel.

Vielleicht empfand Björn für seinen Vater etwas Ähnliches: ›Vater ist nichts anderes als alle diese Leute, die uns entgegenkommen. Vater, Vater, Vater.‹

Vielleicht wiederholte er dies Wort so oft, daß sich schließlich die Laute mechanisch und ohne Bedeutung durch sein Bewußtsein schoben; sie wurden fremd und ekelerregend, als hätten sie nie etwas Warmes, Hohes, Kraftvolles bezeichnet. Vielleicht drängten sich die milden Augen, die braune Haut, die graue Persianermütze zu etwas Kugeligem, Bösem, Abscheuerregendem zusammen, das er dreizehn Jahre lang Pa, Pappi, Vater genannt hatte; vielleicht stieß es ihm für Bruchteile von Sekunden auf; vielleicht hätte er sich – nach all der Freude auf die Reise nach Stockholm – daran übergeben mögen.

Das sind meine eigenen Erwägungen.

Vielleicht dachten sie auch nur an Frankfurter Würstchen mit süßem Senf oder an die Neunte Sinfonie.

Ich beobachtete Sigga Brandes.«

»Es gibt in unserem Heim noch andere Jungen als Björn Sandberg«, sagte der Direktor. »Wir müssen heute endlich einmal über Stefan sprechen.«

»Ich will hören, was mit Sigga Brandes war«, sagte Fräulein Nallén. »Er hat als eine Art Onkel oder Großpapa in der Kindheit von Björn seinen Platz. Er soll nicht zu kurz kommen.«

»Er war begeisterungstrunken ohne Unterbrechung. Alles begeisterte ihn. Seine Begeisterung trieb ihm Tränen die Backen herunter und ließ ihn klappern im Frost. Sein weißes Haar flatterte im Schneewind. Seine Augen stachen hinter den Tränen hervor wie prophetische Gänseaugen. Er blickte himmelwärts und summte Arien. Wir gingen in einen Schnellimbiß mit Selbstbedienung. Die Tabletts lagen gestapelt, Bataillone von Gläsern mit verschiedenen Fruchtsäften, vertrocknete Nachspeisen, Torten, auf denen die Schlagsahne zusammenfiel, Butterbrote, gefärbte Salate standen zur Auswahl. Stahlmöbel mit Holzsitzen und Holztischplatten waren gleichmäßig in dem Raum angeordnet. Über die Hinterwand breitete sich ein gespachteltes Ölgemälde, ein Stilleben: Kürbisse, Flaschen, Fische, Tischtücher. Die übrigen Wände waren holzgetäfelt. Sigga Brandes setzte sich unter das Stilleben und sagte, daß er von Verdis Othello seit der schwedischen Erstaufführung jede, aber auch jede Repräsentation in Stockholm gesehen habe. Ich holte Butterbrote und Getränke für uns vier. Björns Vater hatte die Falten seines Mantels sorgfältig nach rechts und links verteilt; er thronte viel eher, als daß er saß. Er nahm mit beiden Händen seine Mütze vom Kopf. Sigga Brandes verharrte in einem begeisterten Schweigen. Björn rutschte zwischen den beiden Männern hin und her. Vielleicht – wenn seine Freude an der Reise nach Stockholm je zerbrochen worden war – stachelten ihn jetzt die Splitter seiner Freude wieder auf. Sie wissen, wie er beim Sprechen mit dem Kopf wackelt, er lehnte sich über den Tisch, er blinzelte, er entlockte Sigga Brandes enthusiastische Berichte über eine Desdemona von 1929 – und seinem Vater ein gewaltiges Lächeln. Stellen Sie sich die Szene vor: Das blitzblanke Holz, die verwelkenden Gerichte, das schmuddelige Spachtelbild, Sigga als Munchporträt mit einem Stich Poète Maudit, der Vater ein labiler König aus dem Morgenland, Björn, bald wie ein Kater, bald wie eine Ballerina.«

»Die Konferenz vergeht, die Konferenz vergeht«, sagte der

Direktor. »Sie erzählen recht farbig, Herr Axel, aber wir müssen zu einem Ende kommen. Es gilt noch über Stefan zu beratschlagen, nicht nur über Björns Reise. Raffen Sie alles Weitere zusammen; erwähnen Sie noch, welche Wirkung die Musik auf Björn ausübte.«

»Björn hörte ohne Bewegung, ohne ein Zeichen von Langeweile – ohne ein Zeichen von Begeisterung zu. Er sagte: ›Ich habe schon ganz andere Opern gehört als Othello.‹

Ich könnte Ihnen noch viele Bewegungen, Gesten und Mimik schildern, Abwehrversuche, Verneinungen – aber es muß auf dieser Konferenz noch von Stefan gesprochen werden. Björn bewundert gern. Er will nicht, daß man es erfährt. Er bewunderte Sigga Brandes, seinen Vater, die Leute in den Festkleidern, die Sänger in ihren Kostümen, die Musikinstrumente. Diese Bewunderung hat ihn bis zum Platzen angefüllt. Er bedankte sich überschwenglich bei mir, als wir ins Heim zurückgekehrt waren. Er kann Stefan nicht bewundern, deshalb mißhandelt er ihn.«

»Bei Gelegenheit wird sich ein solcher musikalischer Abend für Björn wiederholen lassen«, sagte Fräulein Nallén.

»Was soll mit Stefan werden. Er hat einen schweren Rückfall erlitten. Er mußte während mehrerer Mahlzeiten auf seinem Zimmer bleiben«, sagte der Direktor. »Björn quält ihn, wo er kann. Die Musik scheint sich nicht sehr wohltuend auf ihn ausgewirkt zu haben.«

»Ich muß noch etwas hinzufügen. Ich vergaß es«, sagte Axel.

»Reden Sie nur«, sagte Fräulein Nallén.

»Nach der Opernaufführung nahm Sigga Brandes Björn am Arm. Sie eilten die schneeigen Straßen entlang auf den Hauptbahnhof zu. Ich blieb mit Björns Vater zurück. Er sagte mir, daß es in Stockholm jetzt während des Winters wenig auf dem Bau zu tun gebe; die Mauerleute würden schlecht bezahlt; er habe sich entschlossen, demnächst ins Ausland zu gehen, dort seien bessere Arbeitsbedingungen und bessere Verdienstmöglichkeiten; es täte ihm leid um den Jungen, seine Mutter hätte ihn immer so kalt behandelt, Björn fände allein bei ihm etwas Freundlichkeit und Wärme; aber es ließe sich nicht ändern, es müsse nun einmal sein.«

»Das stellt uns in Hinsicht auf Björn vor völlig neue Probleme«, sagte der Direktor.

»Ich werde mit Björns Vater sprechen«, sagte Fräulein Nallén. »Ich werde ihm sagen, daß sein Sohn bald ins Leben hinaustreten könnte und einen Beruf ergreifen, wenn er als Vater uns etwas unterstützen würde. Er muß bleiben.«

»Es ist aussichtslos; ich habe noch lange mit ihm diskutiert. Er wollte seinen Entschluß nicht zurücknehmen«, sagte Axel. »Stefan wird noch viel unter Björn zu leiden haben.«

Die Uppsalafahrt

›Mit diesem Jungen will ich nichts zu tun haben‹, dachte Axel, als er Uno und dem Direktor gegenübertrat.
»Uno wird uns nun wieder verlassen. Er wird jetzt seinen Koffer aus dem Schlafsaal holen und sich von seinen Kameraden verabschieden«, sagte der Direktor.
›Er spricht im Futur und in der dritten Person mit ihm. Er mag ihn auch nicht‹, dachte Axel.
»Herr Axel, Sie begleiten Uno nach Uppsala zurück«, sagte der Direktor. Uno ließ die Hände, die er in Höhe des Zwerchfells gehalten hatte, fallen. Die Ärmel des dunkelbraunen Anzugs rutschten bis auf die Mitte seiner Hände.
›Er hat bleiche Haut‹, dachte Axel. ›Sein Gesicht sieht geschwollen aus. Seine Hände sind dick. Er raucht nicht. Er bekommt in Uppsala keine Zigaretten, kein Pervitin, oder sonst eine Droge, Alkohol auch nicht. Sie passen scharf auf. Er ist erst siebzehn oder neunzehn.
Sie sollten ihm in Uppsala die Haare an den Seiten nicht so kurz schneiden; dadurch fällt es nur noch mehr auf, wie weiß er im Gesicht ist.
Was für Augen hat er? Man sieht seine Augen nie.‹
Uno durchquerte das Empfangszimmer der Arbeitsschule. Er ging an der in Lichtrosa gehaltenen Wand entlang bis zur Tür. Seine Gestalt warf keinen Schatten. Draußen dämmerte es. Uno verabschiedete sich. Er hob und senkte den Kopf. Der Direktor klopfte Uno auf die Schultern.
»Uno wird in der Halle auf Herrn Axel warten«, sagte er.
Der Junge hob und senkte den Kopf nochmals, dann ging er hinaus und schlug die Tür einmal, zweimal, dreimal in die Fassung, ehe das Schloß einschnappte.
Der Direktor sagte: »Warum setzen Sie sich nicht?! – Sie werden Uno nach Uppsala zurückbegleiten. Hier gebe ich

Ihnen Fahrgeld und Geld für ein heißes Würstchen oder einen warmen Kakao – falls Ihnen unterwegs matt wird. Sie müssen in Stockholm umsteigen. Sie haben etwa eine halbe Stunde Aufenthalt. In Uppsala dürfen Sie mit Uno zusammen ein Taxi nehmen.

Passen Sie nur auf, daß er Ihnen nicht wegläuft. In Stockholm wohnt seine Mutter. Er wird sicherlich versuchen, zu ihr zu entkommen. Auch kennt er allerlei dunkle Existenzen aus seiner Zeit als Kaffeehausjunge. Sie müssen aufpassen, daß er Ihnen in Stockholm nicht entwischt. Aber auch während der Bahnfahrt müssen Sie ihn überwachen. Er könnte zwischen den Fahrgästen verschwinden oder sich auf der Toilette einschließen oder sich sogar aus dem Zug fallen lassen. Am besten unterhalten Sie sich etwas mit ihm und kaufen ihm kleine Süßigkeiten oder lustige Magazine.

Er hat sich dieses Wochenende bei uns wohl gefühlt.

Hier, nehmen Sie noch etwas Geld, damit Sie nicht zu kurz kommen.«

Axel fühlte Scheine und Münzen in seiner Hand. Er steckte sie in die Tasche, grüßte an der Tür und ging in die Halle hinaus, wo Uno bereits mit seinem Koffer stand.

›Hat er mich erwartet oder hat er gehofft, daß ich nicht mehr käme?‹ dachte Axel.

Die Sonne ging auf.

Die anderen sammelten sich vor dem Hauptgebäude zum Frühstück. Pär Gösta hüpfte umher und pflückte Fusseln und Fäden von Ärmeln und Kragen. Janne entschuldige sich nach vorn und hinten. Georg redete mit sich über sich selbst. Uno nickte zum Abschied nach rechts und links. Einige hoben die Hände und bewegten die Finger in der Luft.

Der Schnee fleckte die Äcker. Vögel piepten am Rande der Straße. Uno ging langsam. Er drehte sich oft um zu den Werkstätten, dem Hauptgebäude und den anderen Häusern der Arbeitsschule.

›Sein Urlaub war kurz‹, dachte Axel. ›Er kam vor zwei Tagen aus Uppsala. Er fiel mir nicht auf. Ein mittelgroßer Junge mit einem Köfferchen. Einige kannten ihn noch aus der Zeit, bevor er nach Uppsala in die geschlossene Abteilung eingewiesen werden mußte. Nun geht es ihm wohl besser, sonst hätten sie ihn nicht fürs Wochenende herausgelassen – aber doch noch nicht gut genug, sonst müßte er nicht am Montag in Begleitung schon wieder zurückgebracht werden.‹ Uno blieb oft stehen und wechselte den Koffer von einer Hand in die andre.

»Wir müssen uns beeilen. Wir verpassen den Zug«, sagte Axel.

Es begann zu schneien.

»Dieser Schnee wird nicht lange liegenbleiben«, sagte Axel.

»Nein.«

Sie begneten niemandem auf der Chaussee.

›Die Erzieher beunruhigten sich bei Unos Ankunft. Sie atmen auf, daß er wieder weg ist. – Er gesellt sich nur den Schlimmsten unter unseren Zöglingen, sagten sie. – An ihm kann auch der Schlimmste nichts verderben. – Er steht oft hinter Hecken und in Winkeln. – Er schließt sich mit dreien oder vieren in der Speisekammer ein. – Er klettert in die Obstbäume. – Er bewirft die Kranken mit faulen Äpfeln. – Und so weiter, und so weiter.‹

»Du mußt schneller gehen«, sagte Axel. Er hakte Uno ein und schob ihn mit einem halben Lachen vorwärts. Uno lachte nicht. Er ging schneller. Am Eingang des Dorfes machte er sich von Axels Arm los. Er verlangsamte seine Schritte nicht mehr. Er blieb auch nicht mehr stehen.

›Wir redeten alle davon, daß es jetzt Frühling würde. Die Vögel sangen schon manchmal morgens, und die Ski der kranken Jungen wurden auf dem Boden verstaut.‹

Der Bahnhofswärter in Järna scharrte den Schnee mit einem Schieber aus Holz von den Stufen des Eingangs. Der Schnee war braun und am Zertauen. Neue, feuchte Flocken fielen vom Himmel auf die schmutzigen Haufen, die der Bahnhofswärter zusammengekratzt hatte. Er spuckte aus und arbeitete weiter. Immer von neuem fielen große Flocken, die sich rasch braun färbten, auf die Stufen.

»Er bleibt sowieso nicht liegen«, sagte der Bahnhofswärter. »Die Erde ist zu warm. Die Schneeflocken sind zu dick. Dicke Schneeflocken bleiben nie liegen.«

Axel ließ Uno in die Bahnhofshalle vorangehen.

›Wie stell ich es mit den Fahrkarten an?‹ dachte er. ›Vielleicht will er gerade hier weglaufen, während ich am Schalter stehe und die Billetts löse.

Ich tue, was ich kann. Wenn er trotzdem entkommt, bin ich unschuldig oder nicht verantwortlich.

Vielleicht sollte ich etwas Vertrauen zu ihm haben.

Warum sollte er aus Rücksicht auf mich nicht weglaufen?

Ich müßte ihn mit an den Schalter nehmen.

Das will er nicht. Er soll nicht hören, daß ich zwei verschiedene Billetts kaufe. Er würde vielleicht anfangen, zu schreien oder um sich zu schlagen. Ich habe Angst, ihn mit Gewalt nach Uppsala bringen zu müssen.‹

»Setz dich auf die Bank«, sagte Axel. »Ich geh schnell die Fahrkarten lösen.«

»Ja.«

›Vielleicht wäre es besser für ihn, wenn er davonliefe? Vielleicht ist es besser, wenn ich ihn nach Uppsala zurückbringe? Ich bin angestellt. Ich habe den Auftrag, ihn nach Uppsala zu begleiten.

Ich würde ihn nicht durch Schläge oder durch Armumdrehen zwingen, mir zu folgen.‹

»Einmal Uppsala hin und einmal Uppsala hin und zurück.«

»Wie bitte? Sprechen Sie doch lauter. Ich kann nichts verstehen«, sagte der Beamte hinter der Glasscheibe.

»Einmal Uppsala hin und einmal Uppsala hin und zurück.«

Axel legte das Geld in die drehbare Schale und nahm – nachdem der Beamte den Mechanismus betätigt hatte – die kurzen, harten Fahrkarten aus der Metallmulde.
›Jetzt sitzt er bestimmt nicht mehr da.‹
Axel kehrte zur Bank zurück. Uno war eingeschlafen.
›Hätte er nicht mit seinen weißen Hängebacken und den geschwollenen Händen in der Arbeitsschule bleiben können?! Er wollte nicht wieder weg. In der Arbeitsschule lassen sie ihn zwischen den einzelnen Häusern herumlaufen. Er kann beim Mistfahren helfen oder auf Kupferplatten einhämmern oder er kann in seiner Freizeit an der Landstraße stehen und den langen Autoschlangen nachsehen, die vom Norden in den Süden fahren oder vom Süden in den Norden. Sonntags hätte er an Radausflügen teilgenommen. Das sieht dem gewöhnlichen Leben schon ähnlicher.
Wenn er in der Arbeitsschule geblieben wäre, müßte ich ihn jetzt nicht zurückbegleiten.
Vielleicht genießt er auch in Uppsala etwas Zerstreuung. Vielleicht treiben sie auch dort Handarbeit und veranstalten Gemeinschaftsausflüge per Rad.‹
»Uno, wach auf. Der Zug fährt ein!« sagte Axel.
›Hoffentlich fragt er nicht: Wohin soll ich fahren? – Aber ich habe ihn sanft angesprochen, damit er sich nicht erschrickt.‹
Uno öffnete die Augen. Er blieb, etwas nach rechts hängend, sitzen und sagte: »Wir müssen in Stockholm umsteigen.«
›Vielleicht fährt er gern nach Uppsala zurück‹, dachte Axel. ›Ich sollte ihn fragen. – Nein.‹
Sie überquerten Geleise. Sie gingen auf schneeigen Bohlen. Es war ein altmodischer Zug mit einzelnen Coupés. Uno und Axel setzten sich einander gegenüber ans Fenster. Neben Axel saß eine Frau und strickte. In der Ecke an der Tür schlief ein Mann. Der Zug fuhr durch die Flocken. Sie kleckten gegen die warmen Scheiben. Der Wind rieb sie auseinander. Sie zertauten, und Tropfen spritzten kreuz und quer über das Glas.

Uno war wieder eingeschlafen.
Für eine Zeit hörte es hinter der Scheibe zu schneien auf. Axel konnte draußen unter feuchten Haufen groben Schnees rotes Geäst erkennen.
›Es sollte eigentlich schon Frühjahr sein‹, dachte er. ›Vielleicht schläft er gar nicht.‹
Es trieben wieder Flocken gegen die Scheiben.
Unos Lippen fielen auseinander.
›Er schläft wirklich.‹
Der Kontrolleur schob die Coupétür auf.
»Hier noch jemand zugestiegen?« rief er und sah auf den schlafenden Mann und auf die strickende Frau und den schlafenden Uno und auf Axel.
Axel wies die beiden Fahrkarten vor.
»Einmal Uppsala hin und zurück.«
Axel klopfte sich mit dem Zeigefinger auf die Brust.
»Einmal Uppsala hin.«
Axel zeigte schnell auf Uno. Der Kontrolleur sah noch einmal hin und her, dann ratschte er zwei Striche auf die Rückseiten der Billetts und ging, die Tür zustoßend, hinaus.
Uno sagte: »Sind wir schon da?«
»Nein.«
»Wo sind wir denn?«
»Gerade Södertälje vorbei«, sagte die Frau, die Uno gegenübersaß, und nahm ihre Brille ab. »Meine Mutter wohnte ehemals in Södertälje, daher kenne ich die Strecke.«
›Wenn ich antworte, wird sie von ihrer Mutter erzählen; das würde Uno an seine Mutter erinnern, die in Stockholm wohnt‹, dachte Axel.
»Meine Mutter ist gestorben«, sagte die Frau.
Axel antwortete nicht. ›Sie ist eine Schwedin; sie muß denken, daß ich auch Schwede bin. Sie wird es mir nicht übelnehmen, wenn ich nicht antworte. Es ist nicht ungewöhnlich, daß man auf einer Bahnfahrt in Schweden nicht miteinander spricht.‹

Die Frau setzte ihre Brille wieder auf und strickte weiter.
›Was tut Uno den ganzen Tag in der geschlossenen Abteilung in Uppsala? Er wird über Geduldspielen sitzen oder verjährte Zeitungen lesen oder warten, bis er sein Medikament bekommt, oder mit einem Freund die Gänge entlanggehen. Vielleicht muß er viel schlafen oder Gymnastik treiben und bei der Essensausgabe helfen. Vielleicht verfertigt er eine Flechtarbeit für seine Mutter.
Mit Elektroschock wird kaum noch vorgegangen.
Vielleicht ist ihm die Blumenpflege übertragen worden. Vielleicht schnitzt er einen Namen in einen Türpfosten.‹
Axel wollte schlafen.
›Nein. Ich darf nicht.‹
»Södertälje ist ein wichtiger Warenumschlagsplatz«, sagte die Frau über ihren Strickstrumpf weg. »Sehen Sie nur da draußen, die vielen Güterwagen.«
Axel nickte.
»Sehen Sie nur«, sagte sie noch einmal.
Auf dem Nachbargleis rollte ein Güterzug. Die halbhohen Waggons waren mit schweren Planen bedeckt. Die Nässe hatte sie schwarz gefärbt. In den Falten lag Schnee. Darunter stießen die verborgenen Waren wie Stangen in die Höhe. Ein Waggon nach dem anderen fuhr vorüber. Bei einigen hatte der Fahrtwind die Planen gelockert. Sie flatterten und schlugen, daß der Inhalt bloßlag. Es waren Knochen, Tierrippen, Oberschenkel und große Kiefer, mit fleischigen Lappen übereinandergehäuft.
Uno schnarchte etwas.
›Er verstellt sich nicht‹, dachte Axel.
Der Zug hielt.
»Das ist noch nicht Stockholm«, sagte die Frau. »Aber nun dauert es nicht mehr lange.«
Uno wachte auf. Er trat auf den Gang hinaus. Axel knöpfte seinen Mantel zu und folgte ihm.

Der Zug hielt wieder.
›Stockholm. Jetzt haben wir eine halbe Stunde Aufenthalt.‹
Sie gingen die Bahnhofshalle hinauf und hinunter.
»Die Halle ist groß«, sagte Axel.
»Ja, sehr.«
Sie blieben an Kiosken stehen.
»Ich kenne mich hier gut aus«, sagte Uno.
›Er würde zu seiner Mutter laufen und Fühlung mit den dunklen Existenzen aufnehmen, von denen der Herr Direktor sprach.‹
»Möchtest du eine Zeitung haben?« sagte Axel.
»Meinetwegen.«
Axel kaufte eine Zeitung, in welcher häkelnde Enten und aufrechtgehende Füchse abgebildet waren.
›Jetzt macht er gleich eine ruckartige Bewegung. Jetzt rennt er gleich zwischen den beiden Leuten hindurch und reißt ihnen die Hände auseinander.‹
»Ich will Eis haben«, sagte Uno.
»Es gibt kein Eis in dieser Jahreszeit«, antwortete Axel.
»Doch«, sagte Uno, »es gibt einen Eisautomaten mit Sahneeis, Erdbeereis und Schokoladeeis.«
Uno führte Axel hin. Eine maschinegeschriebene Mitteilung, daß es im Winterhalbjahr nur eine Sorte Eis gäbe, klebte an der Glasscheibe des Automaten.
»Dann nehme ich eben nur eine Sorte«, sagte Uno und zog den Eiswürfel aus der Klappe.
»Die halbe Stunde ist gleich um. Laß uns auf den Bahnsteig gehen«, sagte Axel.
Uno stieg als erster in den Zug und wählte das Abteil. Sie waren für sich allein. Uno schleckte am Eis und schob die Waffel zwischen die Zähne. Er setzte sich. Er stand auf. Er setzte sich wieder und stand noch einmal auf. Er öffnete die Tür.
›Bei all der Bewegung bleibt sein Gesicht bleich. Seine Bakken röten sich nicht. Seine Iris fängt nicht an zu glänzen.‹

Uno ließ sich in eine Ecke fallen. Der Zug begann davonzugleiten.
»Ich war Kellner in Stockholm«, sagte Uno.
›Stockholm ist überstanden. Der Aufenthalt von einer halben Stunde ist vorbei‹, dachte Axel.
»Was hattest du als Kellner zu tun? War es ein großes Restaurant?«
»Nein. Ich war Lehrling. Dann wurde meine Lehrzeit abgebrochen. Ich mußte nach Uppsala.«
›Was erwartet ihn in Uppsala?‹
Der Kontrolleur kam und nahm die Billetts an sich. Axel wollte ihm nachlaufen.
›Ich bin in Schweden. In Schweden nimmt der Kontrolleur immer die Billetts an sich.‹
Draußen an der Scheibe wurden die Tropfen der zertauten Schneeflocken hin- und hergeblasen.
Uno schlief wieder.
›Dieser Teil der Fahrt wird schnell vorübergehen.
Was soll ich tun, wenn er ganz dicht vor der geschlossenen Abteilung anfängt zu laufen? Wenn es in einem Wald ist, laufe ich hinter ihm her. Er ist fett. Er ist das Laufen nicht gewohnt. Er wird eher müde sein als ich. Er wird stehenbleiben müssen – (wenn er aber Blut spuckt, weil er zu lange gelaufen ist und zu schnell, um nicht nach Uppsala zurückgebracht zu werden?) – er würde mir gegenüberstehen, und ich könnte ihn überzeugen. Ich könnte ihm die Hand drükken. Ich könnte ihm in die Augen sehen – was für Augen hat er? Ich könnte ihm übers Haar streichen. Ich würde sagen: Es ist das beste für dich, Uno.
Nein!
Uno, sei vernünftig. Tu es mir zuliebe. Ich kann nicht anders, als dich begleiten. Ich will dich nicht mit Gewalt zurückbringen. Ich kann dich nicht laufenlassen. Der Direktor würde sagen: Uno haben Sie entkommen lassen. Nun wird er Un-

dinge anstellen. Er wird kleine Kinder zu Tode erschrecken. Er wird in Apotheken einbrechen. Er wird elendig im Wald verhungern, von Spürhunden und von den Bauern der umliegenden Dörfer gejagt. – Uno, sei vernünftig. Ich habe den Auftrag erhalten. Ich soll dich nach Uppsala zurückbegleiten. Ich könnte mit ihm reden. Ich könnte ihn überzeugen.
Wenn er mitten in der Stadt wegläuft?! Wenn ich unter dem Gebimmel der Straßenbahnen und dem Gehupe der Autos nicht mit ihm sprechen kann? Wenn er sich irgendwo aufs Pflaster wirft und mit den Beinen strampelt, und die Studenten und die Marktfrauen stehen in einem großen Kreis herum, und seine Augen verfärben sich vor Wut und Angst? Soll ich sagen: Er ist verrückt. Er gehört in eine geschlossene Abteilung. Nehmen Sie ihn mit mir hoch?
Oder soll ich sagen: Ich habe den Jungen zu solcher Wut und Angst erregt. Es ist meine Schuld. Ich muß versuchen, ihn zu besänftigen? Und wenn er dann schreit: Nein, rühr mich nicht an! Du, geh weg von mir, du nicht! – Mit nassem Gesicht. Und wenn er den Finger nach mir ausstreckt?!‹
Die Tür wurde zur Seite geschoben. Eine ältliche Frau stand im Rahmen.
»Ich will zum König«, sagte sie mit ruhiger Stimme. »Ich werde mich nicht abweisen lassen. Ich will zum König.«
Uno wachte auf. Sie winkte ihm. Sie ging. Er drängte sich hinter ihr her durch den Gang, in dem Reisende standen.
Axel rührte sich nicht. Er drehte das Fenster herunter und hängte den Kopf heraus. Ruß und Asche und dicke Schneeflocken schlugen ihm an das Gesicht.
›Jetzt ist er weg. Der Herr Direktor hat gesagt: Er wird versuchen, im Zug zu entkommen. – Er wird sich in einer Toilette einschließen oder sich unter Gepäckstücken oder Briefschaften verbergen. Er ist entkommen. Jetzt bin ich frei. Ich wollte von Anfang an nichts mit ihm zu tun haben. Jetzt kann ich durch die Gänge gehen und mir die Leute ansehen.‹

Als Axel zwei Waggons durchstreift hatte, sah er auf einen Außenperron Uno und die ältliche Frau. Sie bewegten die Arme. Auf ihren Schultern lag Schnee. Ihre Lippen gingen langsam auf und zu.
»Ich will zum König. Ich werde mich nicht abweisen lassen«, sagte die ältliche Frau.
»Der König ist nicht in Uppsala«, sagte Uno.
»Mußt du nach Uppsala?« fragte sie.
»Nein«, antwortete Uno. »Mußt du nach Uppsala?«
»Nein. Ich will nicht nach Uppsala. Sie haben mir übers Wochenende frei gegeben, weil ich nicht gemeingefährlich bin. Ich will zum König.«
»Der König ist nicht in Uppsala.«
Axel kehrte in sein Abteil zurück und versuchte zu schlafen. Der Zug fuhr in Uppsala ein. Axel ging an die Tür. Uno stellte sich neben ihn. Die ältliche Frau begleitete ihn nicht.
»Nun ist es nicht mehr weit«, sagte Uno.

Axel pfiff einem Taxi. Sie fuhren durch parkige Anlagen. Vom Schnee des Morgens war nur noch Wasser auf dem Asphalt übrig. Es ging hinaus aus der Stadt durch einen Föhrenwald. Eine Föhre stand gleichförmig und im gleichen Abstand neben der anderen. Am Haupteingang bezahlte Axel dem Taxichauffeur die Fahrt. Uno und Axel stiegen eine Anhöhe hinauf. Es schneite nicht mehr, es regnete. Weiter hinten lagen mehrere gleichkonstruierte Häuser mit Drahtausläufen.
»Dahinter ist es«, sagte Uno. Er ging schnell. Axel kam beim Nachfolgen ins Husten. Auch Uno hustete ein wenig. Er blieb stehen. Er lief das letzte Ende.
Axel klingelte an einer Tür, die Uno ihm bezeichnete. Eine Schwester öffnete. Sie schien Uno wiederzuerkennen. Sie fragte nichts, sondern nahm Uno bei der Hand und bog mit ihm um die Ecke.

Als Axel abrechnete, sagte der Direktor: »Sie hätten doch einen Kakao trinken sollen oder eine Bratwurst essen. Ich hatte Ihnen reichlich Geld mitgegeben und Instruktionen auch.«

Der Rockkönig

Lars war Rockkönig von Jönköping. In Jönköping werden Streichhölzer fabriziert. Als Lars von Vater und Mutter in die Arbeitsschule gebracht wurde, sagte der Vater:
»Ich bin Streichholzfabrikant!«
Lars war dick. Er hatte blonde Haare und blaue Augen. Er stand auf dem Hof. Die anderen standen um ihn herum, weil er neu war und weil er der Dickste war. Lars sagte:
»Ich bin Rockkönig von Jönköping.«
Er wackelte mit seinen Beinen, schwenkte seine Knie nach rechts, sackte mit den Knien auf den Boden, sang; das Wort »shoes« kam oft in seinem Gesang vor. Haare fielen ihm in die Stirn, über seine Lippen tropfte der Speichel, sein Gesicht lief rot an, er kreischte: »Shoes, shoes, shoes, shoes!« Er war zu Ende mit der Nummer. Die anderen Jungen klatschten. Lars nahm seine Arme hoch und drehte seine Hände hin und her, wie er es bei den berühmten Rocksängern gesehen hatte.
Lars half Porree pflanzen. Er lud Heu auf den Wagen und wollte eine ganze Hocke auf einmal mit der Gabel hochstemmen. Das Heu hing auf seinen Kopf herunter. Die Hälfte fiel auf dem Weg zum Wagen ab. Bei einem Fest zerbrach Lars eine Schallplatte mit Rock'n'Roll, weil der Herr Direktor sie nicht auflegen wollte. Der Vater hatte Lars die Schallplatte zum Geburtstag geschenkt. In der Töpferei knetete Lars dicke Enten aus Ton, Elefanten und Dinosaurier. Manchmal nahm er Papier, Radiergummi, Bleistift und setzte sich auf eine der Brücken über den Bach und zeichnete das Saunahäuschen, den Stall, die Birken. Lars zeichnete Karikaturen. Er teilte das Zeichenblatt in sechs oder acht gleichgroße Felder. Strichmännchen mit Wolken aus dem Mund – in die Lars Rede und Antwort einschrieb – hüpften, reckten sich, standen auf einem

Bein, sangen, schimpften. Lars zeichnete Herrn Axels Zimmer: die Bücher, die Kunstkalender. Er zeichnete Herrn Axel mit einem Packen Bücher vor dem Misthaufen. Aus Herrn Axels Ohren quoll eine große Wolke, in die Lars Herrn Axels Gedanken geschrieben hatte. Ein Feld weiter sah man die Kühe Ringa und Randa vor einer Zimmerorgel stehen. Die Gedanken der Kühe quollen zwischen den Hörnern hervor. Lars webte bunte Handtücher. Er überlegte lange, wie er die Farbstreifen aufeinander folgen ließ. Jeder, der in den Websaal kam, ging auf den Rahmen von Lars zu und sagte: »Was sind das für schöne Farben!« Abends saß Lars im Besuchszimmer. Dort waren die Wände rosa gestrichen, dort standen abgeschrägte Birkenmöbel und ein schwarzgelacktes Klavier. Lars spielte Rock. Er spielte jeden Abend die gleiche Phrase. Sein Kopf stieß den Rhythmus vorwärts. Die Hände schlugen senkrecht von oben nach unten auf die Tasten. Er spielte die Phrase schneller und schneller, manchmal ohne Fehler.

Axel war froh, wenn er abends die Tür seines Zimmer hinter sich abschließen konnte – nach dem Abwaschen, nach dem Gutenachtsagen, nach dem letzten Gang durch den Stall. Nur Hans Einar klopfte dann noch einmal, er wollte in der Tierzuchtlehre etwas nachschlagen über das seuchenhafte Verkalben und den Gebärmuttervorfall. Es waren immer die gleichen Fragen. Er ging bald wieder. Er war müde. Er hatte den ganzen Tag über bei den Kühen geholfen und Salat und Salbei pikiert. Gelegentlich kam Leif zum Lesen.
Die Zöglinge in den Häusern schliefen ein. Hans Johanson hörte zu brüllen auf und schlug nicht mehr gegen die Wände. Er schlief in seinem leergeräumten Zimmer, im Stroh, ein. Georg schlief ein. Er sprach nicht mehr mit sich selbst.

Als Axel vor dem Haupthaus Björns Fahrrad loskettete, sah er Lars im Besuchszimmer vor dem Klavier sitzen. Das Kla-

vier war zugeklappt. Lars sah vor sich auf den schwarzen Lack, in dem sich sein Gesicht spiegelte.
Axel klopfte ans Fenster:
»Du mußt in die Mühle gehen, Lars. Die anderen schlafen schon alle!«
Lars drehte sich auf dem Klavierhocker herum. Er nickte. Er freute sich nicht, Axel zu entdecken. Axel zog die Kette zwischen den Speichen des Rades hervor. Als er hochsah, hatte sich Lars noch nicht wieder zurückgedreht. Die Hände lagen gefaltet zwischen den dicken Schenkeln. Die Schultern hingen nach vorn, nach unten. Die Augen von Lars sahen rechts und links an Axel vorbei. Die Haare hingen in die Stirn. Sie zitterten nicht.

»Lars, du mußt jetzt gehen.«
Lars nickte noch einmal.
»Du mußt jetzt in die Mühle gehen.«
Lars nahm eine Hand aus dem Schoß. Er drückte die Haare zurück. Er sah Axel an.
»Bringen Sie mich doch bitte rüber in die Mühle.«
»Dann komm schnell. Ich will los. Ich habe Orgelstunde. Ich muß heute abend noch zweimal fünfzehn Kilometer durch die Nacht fahren.«
»Haben Sie keine Angst allein im Wald, im Dunkeln, im Schnee? Ich hätte Angst. Ich habe Angst, im Dunkeln zur Mühle zu gehen. Ich sitze zu lange am Klavier. Es ist nett von Ihnen, daß Sie mich in die Mühle bringen.«
»Ich kann abends mal nach dir gucken und dich in die Mühle begleiten.«
»Das ist nett von Ihnen, Herr Axel.«
»Warum hast du Angst? Es sind doch überall noch Leute wach.«
»Ich hab mal gehört, wie einer, der dann ertrunken ist, im Dunkeln Hilfe geschrien hat. Die Bäume haben nachts Arme mit Fingern dran.«

»Da ist die Mühle. Schlaf gut, Lars!«
»Schlafen Sie gut, Herr Axel! Gute Fahrt!«

Während der Fahrt wurden die Knie kalt. Der Mond saß im Himmel wie ein heller Kunststoffknopf auf einem dunkelblauen Wintermantel. Die Eschen hingen voller leerer Fruchtstände. Der Neuschnee deckte die Stoppeln und die Halmreste zu. Das Mondlicht tünchte die Wände der Heuschober violett.

Hinter dem Heim für Epileptiker sah Axel die Arbeiter im Fernsehturm bei der Nachtschicht. Die Metallsparren waren mit dicken, weißen Nadeln bereift. Die Konstruktion verjüngte sich nach unten. Der ganze Turm stand auf einer schulterbreiten Porzellanplatte. Die Lehrer in der Arbeitsschule erzählten es.

Axel fuhr die Felder von Linga entlang. Vor dem Steinkreis lag frisch geklüftetes Holz. Am großen Lingastein konnte Axel die Flechten und Moose unter dem Reif erkennen. Im Mai beim Pfingstspaziergang hatten sie geblüht. Der Hof von Linga lag ohne erleuchtete Fenster. Axel fuhr in den Wald. Der Weg war zwischen den Stämmen gut zu erkennen. Es ging steil bergauf. Axel stieg ab und schob das Rad. Der elektrische Transformator an der Wegkreuzung summte immer noch. Axel erschien das Summen lauter als sonst – bei Tage oder im Frühjahr. Die Sommerhäuser der Stockholmer lagen verschneit. Das Holz der Pforten, der Giebel, der Türmchen, der Erker der Veranden verlor unter dem blauen Licht seine Farbe und sah grau aus, als sei es Pappe oder ganz morsch. Die Sommersiedlungen waren zu Ende. Auf dem nächsten Hof, der ohne helle Fenster dalag wie Linga, bellte ein Hund. Aus dem Wald ging es bergab in eine Ebene hinunter. Axel setzte sich wieder auf das Rad. Er brauchte nicht zu treten. Es gab keine neuen Siedlungen mehr, auch keine einzelnen Gehöfte. Der Weg führte an dem dunkelblauen Wald entlang. Der

Knopf am Himmel war noch weißer geworden. Kein Auto, kein Motorrad, kein Rad fuhren an Axel vorüber. Füchse schrien hinter ihm her. »Es hört sich an, als ob ein Mensch erwürgt wird«, dachte Axel. »Was weiß ich davon. Ich habe noch nie gehört, wenn ein Mensch erwürgt wird.«
Er bremste mit Händen und Füßen. Als er neben dem Rad stand, schwiegen die Füchse. Die Luft klemmte in Axels Hals. Er fuhr wieder. Er hörte wieder die Füchse. In Hölö war niemand mehr auf der Straße. Es war zu kalt oder zu spät. Er stellte das Rad neben der Garage ab. Die Haustür war nicht abgeschlossen. Der Organist spielte im Souterrain an der Hausorgel. Axel zog den Mantel aus, nahm die Noten, ging durch das leere Haus ins Souterrain hinab. Er sah, wie die Füße des Organisten auf die Pedale klopften. Der Organist drehte sich um: »Guten Abend, Herr Axel. Haben Sie eine gute Fahrt gehabt? War es nicht zu kalt? Sind Ihre Finger auf dem Rad nicht steifgefroren? Haben Sie die Woche über Zeit gehabt zum Üben? Setzen Sie sich her. Spielen Sie. Spielen Sie langsam, daß Sie die Füße mitbekommen und das eine Manual auch und das andre Manual auch. – Cabezon!«

»Kann ich nicht mit nach Hölö fahren und auch Orgelspielen lernen«, fragte Lars.
»Nein. Rasjö kann keinen neuen Schüler annehmen, hat er gesagt. Er ist nicht nur Organist. Er ist auch Volksschullehrer. Er hat eine große Familie. Ich will sehen, ob du nicht in Järna bei der Klavierlehrerin Unterricht bekommen kannst«, sagte Axel.
»Ich möchte es so gern«, sagte Lars.
Die Klavierlehrerin wohnte in einer neuangelegten Siedlung vor dem Dorf: Mehrere Reihen gleichförmiger Häuschen aus Holz mit einem spitzen Dach. Jedes Häuschen war in andrer Farbe bemalt. Es gab gelbe, grüne, hellblaue, braune, rosafarbene.

Die Klavierlehrerin schüttelte den Kopf.
»Ich nehme nur Kinder«, sagte sie, als sie Axel vor der Tür stehen sah.
»Ich will keinen Unterricht. Es handelt sich um einen Jungen. Er heißt Lars. Er ist sehr musikalisch.«
»Warum kommt er nicht selbst? Wo wohnt der überhaupt?«
»In der Arbeitsschule.«
»Dann ist er ein Epileptiker und schlägt mir die Vasen und die Fensterscheiben kaputt.«
»In der Arbeitsschule sind keine Epileptiker.«
»Dann ist er sicher so ein sanfter, rosaroter Idiot, der zu allem ja und amen sagt; so ein Frommer und Sanfter, der keinen Rhythmus im Leibe hat. Nein, daraus kann nichts werden.«
»Lars war einmal Rockkönig von Jönköping.«
»Um Gottes willen, so etwas kann doch kein Klavierspielen lernen! Gehen Sie mit ihm zu jemandem anders.«
»Aber hier auf dem Lande gibt es nur Sie als Klavierlehrerin. Wir haben alle soviel Gutes über Ihren Unterricht gehört.«
Axel überredete die Klavierlehrerin, Lars als Schüler zu nehmen. Am Freitag sollte er zur ersten Stunde kommen.
»Aber pünktlich soll er erscheinen«, sagte die Klavierlehrerin.

Freitag morgen schneite es nicht mehr. Der Schnee glänzte unter der Sonne. Über die Felder zogen die Kinder aus dem Dorf zum Skifahren. Schulklassen, Lehrlingsklassen, Kinder aus Kindergärten mit roten, gelben, blauen, grünen Wollpullovern und Wollmützen.
Axel wartete auf Lars, um mit ihm zur Klavierlehrerin zu gehen. Die Zöglinge wachsten die Skier. Sie schlugen sich mit den Stöcken. Helge zerbrach einen Stock. Kenneth fraß Wachs, weil Björn ihm, wenn er es täte, fünf Kronen geben wollte.
Lars kam:
»Herr Axel, ich gehe nicht mit zur Klavierlehrerin. Ich gehe mit den anderen Skifahren.«

»Aber dann wird es nichts mehr mit deinem Klavierspielen.«
»Dann wird es eben nichts mehr.«
»Du darfst noch oft zum Skifahren. Wenn du Klavierspielen lernst, kannst du deinen Eltern etwas vorspielen in den Ferien. Du brauchst dann abends im Besuchszimmer nicht immer nur den einen einzigen Rock zu spielen. Du könntest bald drei Rocks spielen und dann fünf und dann elf. Mit der Musik würde dir deine Angst im Dunkeln vergehen, und du würdest viel schneller gesund werden, wenn du Klavierspielen lernst.«
Lars rührte sich nicht. Nachdem die anderen alle mit Skiern aufgebrochen waren, drehte er sich um, ohne seine Augen bis zu Axels Augen hochzuheben und rannte den andren nach. Er rannte den halben Weg wieder zurück, nahm zwei Skier, zwei Stöcke, die an der roten Stallwand lehnten, rannte wieder vorwärts, schrie: »O the sun!«
Er wackelte mit den Knien nach rechts und links, kreischte: »O the sun! O the sun!«

Lars saß vor dem verschlossenen Klavier.
»Herr Axel, in einer halben Stunde muß ich ins Bett gehen. Bringen Sie mich rüber in die Mühle?«
»Ja.«
»Der Skiausflug war nicht schön. Ich hätte das nicht tun sollen. Ich möchte so gern Klavierspielen lernen.«
»Jetzt ist die Klavierlehrerin böse und nimmt dich nicht mehr.«
»Der Skiausflug war nicht schön. Ich habe einen Stock verloren; vielleicht hat ihn mir auch einer geklaut. Es gab überhaupt nur einen Berg zum Runterfahren. Da drängelten sich die Jungen aus Järna vor. Als sie mich sahen, schrien sie: Da kommt der Rockkönig aus Jönköping. Sie wollten mich nicht runterfahren lassen. Ich sollte andauernd Rock singen und dazu tanzen.«
Axel klappte den Klavierdeckel hoch.
»Wollen Sie Klavier üben?«

»Ja. Spielst du gar nickt mehr?«
»Nein, ich spiel nicht mehr«, sagte Lars.
Axel stellte seine Noten auf.
Lars sagte:
»Was wollen Sie spielen?«
»Antonio de Cabezon. Das war ein Spanier. Er war blind. Aber er war Hoforganist bei Philipp dem Zweiten. Er spielte an einer ganz wunderbaren Orgel. Sie hatte nicht nur eine Reihe mit Tasten, sondern drei Reihen übereinander; unten bei den Füßen waren noch einmal zwei Reihen mit Pedalen. So was gibt es heute gar nicht mehr.
Der Vater von Philipp dem Zweiten hatte ein Reich gehabt, in dem ging die Sonne nicht unter. Das ist natürlich Blödsinn. Das bedeutet, wenn die Sonne an einem Zipfel seines Reichs unterging, dann ging sie gleichzeitig an einem anderen Zipfel seines Reiches auf. Einer von seinen Hofgeistlichen kaufte die Neger in Afrika ein und verscheuerte sie nach Amerika. Aber das weiß ich nicht genau, vielleicht war das auch später. Auf jeden Fall mußte Antonio de Cabezon den König nach Holland begleiten, wenn er dort zu tun hatte. Oben in meinem Zimmer habe ich ein Buch von einem Holländer, der heißt Charles de Coster. Das Buch heißt Till Ulenspegel und da steht drin, daß der Organist von Philipp dem Zweiten Katzen in seinen Orgelpfeifen sitzen hatte, und wenn er auf eine Taste drückte, dann stach ein Stachel einer Katze in den Arsch, und das Gequietsche der Katzen war die Musik. Aber das ist sicher rein dichterische Erfindung und soll nur ausdrücken, daß die Spanier sich in Holland sehr grausam aufführten. Vielleicht war Cabezon wirklich so grausam wie alle die anderen Spanier. Aber Cabezon war der größte Komponist aller Zeiten.«
»Ich habe den Namen noch nie gehört. Ich kenn nicht viel von ernster Musik. Ich kenne nur Paul Anka und Elvis gut. Meine Eltern hören immer Beethoven und meine Schwester spielt

Bach und Romann auf der Blockflöte. Sie hat sogar mit einer Schulkollegin zusammen bei einem öffentlichen Konzert in der Kirche gespielt. Lassen Sie doch mal was hören von Ihrem Cabezon, Herr Axel.«

»Ich kann das Stück noch gar nicht spielen. Ich soll es erst üben. Es ist eigentlich sehr einfach und steht ganz am Anfang des Lehrbuches. Ich kann es nicht im richtigen Tempo spielen. Ich mache bestimmt Fehler. Es ist furchtbar schwer für mich. Ich fange doch erst an. Die eine Hand spielt eine Stimme, und die andre Hand die zweite Stimme, und die Füße spielen eigentlich die dritte Stimme, aber weil hier kein Pedal ist, muß die linke Hand die dritte Stimme mitspielen. Wenn du das nicht gewöhnt bist, glaubst du, daß es dich in drei Stücke zerreißt.«

»Aber wenn Ihr Cabezon der größte Komponist aller Zeiten ist – mein Vater sagt, Beethoven ist der größte Komponist aller Zeiten –, dann muß doch jeder Ton so schön sein, daß ich es auf jeden Fall begreifen werde.«

Axel dachte, daß sehr viel davon abhing. Er sagte:

»Ich spiele sehr langsam, dann krieg ich vielleicht alles ohne Fehler mit.«

Axel schlug die erste Taste an, die zweite. Er wußte, daß er mit dem falschen Finger begonnen hatte und nicht auskommen würde. Er sang die Töne mit, damit Lars seine Fehler nicht höre:

»Tam, tum, dam, dam, dam – hörst du, Lars?! und jetzt kommt dim, dim, tum – paß auf! oben kommt die zweite Stimme! unten ist noch dam, dam und oben geht's los dadam da da da dam.« Axel fühlte, daß er zu schnell spielte, bei der dritten Stimme würde alles durcheinandergeraten. Er hielt jeden Ton doppelt so lange aus, als er durfte.

»Hörst du, Lars, wie eins das andre ablöst! Jetzt denkst du vielleicht gerade, der Cabezon ist gar nicht so doll! da geht es schon mit der dritten Stimme los.«

»Wenn ich mich verspiele, ist alles aus.« Axel zählte die Tasten ab, ehe er den Finger aufsetzte. Er verglich die Stellung seiner Finger mit den schwarzen Notenköpfen in seinem Orgelbuch und mit den kleinen Ziffern, die darüber zur Hilfe für die Schüler angegeben waren. Beim Schluß wußte er nicht mehr, welche schwarze Taste, welche weiße Taste zu welchem schwarzen Punkt auf welcher Linie, unter welcher Linie gehörte.

Lars sagte:

»Ganz bestimmt. Dein Cabezon ist besonders schön. Bringst du mich jetzt in die Mühle?«

Es war Neumond. Die Luft war grau. Die Äcker tauten auf.

»Ich möchte auch gern Klavier spielen«, sagte Lars. »Ich möchte auch gern Cabezon spielen.«

»Du mußt dir die Musik auf der großen Orgel in Toledo vorstellen.«

»Das ist sicher was ganz Besonderes. Gute Nacht, Herr Axel.«

»Gute Nacht, Lars.«

Der Aufbruch nach Turku

›Es wird nun nicht mehr dunkler werden‹, dachte Axel. Er sah aus dem Fenster. Der Hof unten war leer. Die Nachtigallen schrien.
›Es ist Nacht‹, dachte Axel. ›Die Getreidehalme sehen aus wie in der Nacht und auch die Blätter vom Wermut, und trotzdem ist es Tag.‹ Er band sich den Schlips. Die Luft in der Helle draußen war kühle Nachtluft und roch nach dem Meer und nach dem Duftstrauch im Anstaltsgarten.
›Eben ist die Sonne untergegangen. Gleich geht sie wieder auf‹, dachte Axel. ›Gleich kommen Anna und Helge und Hannes und Elke, und dann fahren wir nach Hörnigsholm zum Tanzen.‹

Es klopfte.
»Ja.«
Kenneth trat ein; er war im Pyjama.
»Warum schläfst du nicht?« fragte Axel.
Kenneth kratzte sich an den Füßen, zwischen den Schulterblättern, am Kopf und an den Fingerkuppen. Er sagte:
»Herr Axel, Sie sollen zum Direktor kommen.«
»Ich?«
»Ja, Herr Axel, Sie sollen zum Direktor kommen.«
»Ich habe keine Zeit. Es ist mitten in der Nacht. Warum schläfst du nicht?«
»Ich kann nicht. Es ist so hell. Die Vögel und die Leute singen so laut. – Sie sollen zum Direktor kommen.«
»Ich warte auf jemanden.«
»Auf ein Fräulein?«
Kenneth spreizte den Mittelfinger und den Zeigefinger auseinander und hielt die Hand Axel vor die Augen und lachte und kratzte sich wieder.

»Herr Axel, Sie sollen zum Direktor kommen.«
»Was soll ich beim Direktor?«
»Ich weiß es nicht. Ich soll es Ihnen sagen und mich gleich wieder ins Bett legen.«
Kenneth kratzte sich noch einmal und lief hinaus, überquerte unten den Hof und war weg.

›Wahrscheinlich ist eine Tür nicht abgeschlossen gewesen oder eine Kuh nicht richtig angebunden‹, dachte Axel.
Er ging. Unterwegs traf er Elke, Helge, Anna und Hannes. Sie hatten Sonntagszeug angezogen und trugen Päckchen mit Kuchen und Schokolade.
»Wartet hier auf mich. Ich komme gleich. Der Direktor will etwas von mir.«

Als Axel eingetreten war, sagte der Direktor, der im Pyjama und im Morgenrock dasaß: »Knud und Olof sind ausgebrochen. Sie sind durch die Dachluke geklettert. Herr Axel, Sie kennen die beiden besser als ich. Versuchen Sie die Jungen zu finden. Morgen früh müßte ich die Flüchtlinge der Polizei melden.«

»Für mich fällt der Mittsommernachtstanz aus. Knud und Olof sind aus der Dachluke geklettert. – ›Herr Axel, Sie kennen die beiden besser als ich.‹ – Geht tanzen. Ich komme nach. Knud und Olof werden nicht weit sein«, sagte Axel zu Elke, Helge, Anna und Hannes.

›Es ist nichts Neues‹, dachte Axel. ›Man macht sich unnötige Sorgen. Sie fahren nach Södertälje, dort kann man sie am Bahnhof aufsammeln oder sie legen sich für ein paar Stunden in eine Wäschekammer oder auf den Heuboden, und zum Frühstück kommen sie wieder hervor. – Vielleicht hat sich der Herr Direktor auch nur verguckt, und alle beide, Knud und Olof, liegen in ihren Betten unter ihren karierten Bettdecken und blasen die Luft durch die Nase, daß jeder es hören kann.‹

Axel schloß den Schlafsaal auf, trat ein und schloß wieder zu. Man hatte die Fenstervorhänge zusammengezogen, über den Betten war es dunkler als draußen in der Nacht. Am Tisch fuhren zwei Jungen quietschend auseinander. Axel ging von Bett zu Bett. Alle waren wach. Einige schlugen mit den Armen über sich in der Luft herum. Göran stelzte im Gang auf und ab und rang die Hände, daß die Gelenke knackten. Das Bett von Knud und das Bett von Olof waren leer.
Axel verließ den Schlafsaal.

›Sie kennen die Jungen besser als ich.‹ – Knud hat mich gefragt, wie man den ›geschlechtlichen Beischlaf‹ ausübt, und Olof hat mir die Geschichte von dem ermordeten Kalb erzählt: »Das weiß keiner sonst – nur du.« – Woher soll ich wissen, wo sie hingeflohen sind? Aus der Dachluke!‹

Axel beschloß, zum Bahnhof zu gehen.
›Vielleicht hat man Knud und Olof am Bahnhof gesehen?‹
Auf der Landstraße veranstalteten die Mopedfahrer Wettrennen. Sie saßen paarweise auf den Mopeds. Die Mädchen trugen wie die Jungen enge, helle Hosen und schwarze Kunstlederjacken.
In der Ebene sah Axel Männer und Frauen, die mit Wimpeln von einem Bauernhof zum anderen zogen. Er hörte Baßgeige und Schifferklavier.
Das Dorf war voller grünlicher, silbriger Mittsommernachtsschatten; es hallte wider von Mopeds und Motorrädern. Der Bahnhof stand leer. Bis zum Bahnhof fuhr heute niemand. Der Bahnhofsvorstand hatte Knud und Olof nicht gesehen.
»... keinen kleinen, elfjährigen Jungen, der leicht weint, der

immer von Scheren spricht, der alle Telefondrähte durchschneiden will; keinen siebzehnjährigen mit Bürstenhaar und langem Hals, der Schlüssel aus den Taschen holt und sie den Leuten vorzeigt?«

Auf dem Rückweg beobachtetete Axel Paare, die sich im Kinderpark amüsierten. Sie schaukelten und wippten und liefen hintereinander um den Zierteich. Ein Mädchen fiel zu den Goldfischen hinein. Dann tanzten alle auf der Chaussee und brachten den Verkehr zum Stocken.

»Am Bahnhof hat man niemanden gesehen, auf den die Beschreibung von Knud und Olof paßt, Herr Direktor.«
»Ein Fischer aus Trosa hat mich angerufen. Bei ihm sind heute nacht für einige tausend Kronen Netze zerschnitten worden. Ich muß mit der Polizei telefonieren.«
»Vielleicht kann ich Knud und Olof in den Schären finden. Telefonieren Sie nicht mit der Polizei!«

›Die beiden meinen es ernster als gewöhnlich. Wie soll ich sie finden? Wenn die Polizei sie fängt, schlägt sie die beiden erst einmal zusammen. Knud ist so lang. Er ist so leicht zusammenzuschlagen. Olof ist viel zu jung. Er darf nicht zusammengeschlagen werden. Vielleicht schlägt die schwedische Polizei die Jungen nicht zusammen.

Es wäre gut, wenn ich Knud und Olof fände.‹

Axel kam am Gutshof vorbei. Die Auffahrt stand voller Autos. An den Linden lehnten Mopeds und Räder und Motorräder in dicken Bündeln.
›Vielleicht sind Knud und Olof, nachdem sie die Fischernetze mit der Schere zerschnitten hatten, hier zum Gutsfest tanzen gegangen.‹

Axel suchte in Büschen und Alleen, aber er fand nur Mopeds und Räder und leere Flaschen und Silberpapier und Jacken, auch Liebespaare, Gruppen von Oberschülern und Ackerbaupraktikanten, die ihre Abenteuer besprachen, doch keinen weinenden Olof und keinen Knud, der mit seinen Schlüsseln klirrte.

Axel betrat die Tenne. Dort standen Leute aus dem Dorf bei Bier und Wurstbroten, welche der Gutsherr zum Mittsommertanz spendiert hatte. Axel stieg eine Holztreppe hinauf. Oben wurde Hambo getanzt. Mädchen aus dem Kreis griffen nach ihm; er ließ sich nicht zu den schwitzenden, lachenden, aufstoßenden Tänzern ziehen. Er musterte ein rundes, rotes Gesicht nach dem anderen und fand Knud und Olof nicht.

Axel telefonierte im Wohnhaus des Gutes, neben dem Hausmeister, der die Säuglinge des Besitzers beaufsichtigte.

»Herr Direktor, ich kann Knud und Olof nirgends finden.«

»Aus Hölö ist angerufen worden. Man hat ein großes Feuer neben dem Benzintank am Bahnhof angezündet. ›Das können nur welche aus der Anstalt sein‹, hat der Mann am Telefon gewettert.«

»Ich fahre nach Hölö«, sagte Axel schnell und hängte ein, ehe der Direktor ihm mitteilen konnte, daß die Polizei nunmehr von der Flucht Olofs und Knuds in Kenntnis gesetzt worden sei.

›Was soll ich in Hölö? Ehe ich da bin, sind sie auf und davon. Ich will es versuchen. Vielleicht kann ich sie warnen.‹

Axel ging noch einmal zu den Tanzenden. Er forderte die Lehrerin zu einem Tango auf und bat sie um ihren Wagen.

»Ich bin nicht mit dem Wagen gekommen. Ich hätte Angst, in angetrunkenem Zustand nach Hause zu fahren. Unten steht mein Rad. Ich werde es Ihnen leihen.«

Sie folgte ihm die Holztreppe hinunter. Axel hatte Hunger; er wollte gerne etwas von den Wurstbroten essen, aber auf den länglichen Porzellanplatten lagen nur noch die Gurkenscheiben und die Petersilienbüschel der Verzierung.

Er trat auf das Rad ein.
›Ich habe Rückenwind‹, dachte er.

›Das ist der zweite Bahnhof, den ich heute absuche.‹
Er schloß das Rad bei der Schranke an und lief über die Gleise, die in dünnem Nebel lagen. Neben dem Benzintank fand er verkohlte Holzstücke und gebräuntes Papier mit schwarzen Brandrändern.
›Die hunderttausend Liter Benzin sind nicht explodiert.‹
Er stolperte zurück. Auf einem toten Gleis stand ein Waggon erster Klasse.
›Vielleicht haben sich die beiden da drinnen schlafen gelegt.‹
Er stieg hinauf. In den Coupés waren die Fenster eingeschlagen, die Polster der Bänke und der Rückenlehnen waren aufgeschlitzt und die Gepäcknetze heruntergerissen.
›Knud und Olof sind nicht mehr hier. – Ob der Herr Direktor und die Polizei schon etwas von dem Waggon erster Klasse wissen?‹

›Es ist umsonst, daß ich sie suche. Es ist umsonst.‹

Die Lehrerin erwartete ihn vor dem Eingang des Gutshofes.
»Hier ist es in diesem Jahr früher zu Ende als sonst«, sagte sie.
Er gab ihr das Rad zurück. Er bedankte und verabschiedete sich. Die Nachtigallen hatten aufgehört zu schreien. Die Sonne war aufgegangen. Es war kühl geworden. Neben den Büschen hielt sich noch ein wenig Wärme vom Vortag.
Axel sah beim Gehen zu Boden. Er sah, wie bei jedem Schritt

die Hälfte seines rechten oder seines linken Schuhs unter dem Saum des Trenchcoats zum Vorschein kam.

Er beobachtete den Melkstand. Die Kühe waren zu dritt nebeneinander festgebunden. Er hörte das Schlürfen der Saugbecher und das Gekreisch der Milchkannen, wenn sie zusammenstießen. Er ging die Klippen hinunter. Das Wasser war noch immer trüb von den Pollen der Kiefern und Tannen. In Felsmulden lagen Pärchen. Weiße Kleider wehten im Wind. Man rief Axel bei Namen. Er kletterte über die flechtenbewachsenen Steinkuppen davon.

Axel läutete den einbeinigen Fährenwärter heraus.
»Haben Sie heute nacht zwei Jungen übergesetzt? Einen kleinen, der leicht weint, und einen langen, der viele Schlüssel mit sich in der Hose herumträgt?«
»Ja, das ist möglich.«
»Wann?«
»Bei den vielen Leuten heute nacht kann ich mich nicht mehr erinnern, wann das war.«
»Sie sind aus der Anstalt geflohen.«
»Ich habe sie nicht übergesetzt.«
»Sie sagten es doch eben.«
»Ich kann mich nicht erinnern. Gehen Sie zur Polizei.«
»Nein. Das will ich nicht.«
»Die Leute, die ich übergesetzt habe, sind alle nach Hörningsholm zum Tanzen gegangen.«
»Sie heißen Knud und Olof.«
»Ja, dann müssen Sie schon selbst nach den beiden suchen.«
»Wann geht die nächste Fähre?«
»Heute früh um sieben.«
»Das ist zu spät.«
»Ich kann es auch nicht ändern. Nehmen Sie das Ruderboot, wenn Sie wollen.«

Axel umruderte Mörkö. Er legte dicht bei dem Tanzplatz an. Die Würstchenbuden und die Eisstände hatten geschlossen. Die Podien für die Orchester waren leer. Ein betrunkener Junge suchte seine Schuhe.

Axel stieß vom weißen Sand der Insel ab. Der Morgenwind legte sich. Die Sonne begann zu wärmen. Von einem kleinen Felseneiland stieg Rauch auf. Axel steuerte gegen die Strömung darauf zu. Eine Brise krauste die Oberfläche des Meeres.

Er vertäute das Boot an der Schattenseite. Eichenäste hingen dort ins Wasser. Er kletterte durch Brombeeren und Schlingpflanzen zu dem Felsenplateau, von wo er den Rauch hatte aufsteigen sehen. Er fand etwas warme Asche. Von seinem Standpunkt aus konnte er die ganze Insel überblicken. Sie war nicht größer als ein Schiff. Er sah über das Meer. Andre Klippeninseln lagen dicht neben der seinen. Er hätte sich am liebsten schräg in die Luft geneigt, um auf ihnen wie ein Vogel zu landen. Im Dickicht unter ihm knackte es.
»Olof!« rief Axel. »Knud!«
Er horchte. Er hörte kein Knacken mehr. Er hörte nur das Sausen in den eigenen Ohren und den Wind, der wieder einsetzte, unter dem seine Haut kraus wurde wie das Wasser.
»Olof, ich bin es. Axel, ich! Knud, Knud, Olof, wartet doch! Kommt herauf!«
Er dachte, sie müßten stehen wie er und den Atem nur ganz langsam aus dem Mund herauslassen, um sich nicht durch Keuchen zu verraten.
»Ich will euch nicht festhalten! Ich will euch nicht zurückbringen! Kommt!«
›Sie glauben mir nicht oder sie können mich nicht verstehen, weil der Wind die Worte von ihren Ohren wegbläst oder sie stehen beide gar nicht da unten im Dickicht.‹

Axel täute das Boot wieder los und ruderte an Schwänen vorbei, die zur Seite glitten. Wellen spritzten über den Bug. Axel fuhr im Zickzack, um dem Wind auszuweichen.
›Ich sollte warten, bis sich der Wind legt. Es sind schon Menschen beim Rudern umgekommen.‹
Er erreichte den Anlegeplatz, als die Fähre von der ersten Überfahrt zurückkehrte. Anna, Hannes, Helge und Elke liefen ihm entgegen. Den Mädchen steckten Blumen im Haar; die Jungen hatten trübe Augen. Sie trugen keine Päckchen mit Kuchen und Schokolade mehr bei sich.
»Hast du sie gefunden?«
»Nein.«
»Wir haben sie auch nicht gesehen.«
»Komm mit in die Anstalt. Erkundige dich beim Direktor, was jetzt unternommen werden soll.«
»Ich will nicht!« sagte Axel und lief in den dunklen Lingawald hinein.
»Willst du sie denn immer noch suchen?«
»Nein.« Axel ließ sich in das Laub vom Vorjahr fallen.
›Knud und Olof sind auf und davon.‹
Er richtete sich wieder hoch. Er ging einige Schritte und krümmte sich über einen Felsbrocken.
›Knud und Olof sind weg, auf, nach Lulea oder Turku.‹
Er schlief ein. Er schlief, bis ihn die Feuchtigkeit im Schatten aufweckte. Als er sich die nassen Blätter von der Jacke schlug, begann ein Fuchs zu heulen.
›Ob in Turku auch die Füchse heulen, wenn Knud und Olof durch den Wald gehen?‹

Axel betrat die Anstalt. Kenneth kam auf ihn zu. Er kratzte sich und sagte: »Herr Axel, Sie sollen zum Direktor kommen. Knud und Olof sind wieder hier. Die Polizisten haben sie im Auto mitgebracht. Gehen Sie zum Herrn Direktor und fragen Sie ihn.«

Der Direktor sagte: »Knud und Olof sind wieder bei uns, Herr Axel. Sie haben sich umsonst bemüht, aber ich danke Ihnen trotzdem. Nun ruhen Sie sich nur ordentlich aus.«

Inhalt